NOVA ORDEM MUNDIAL

1ª EDIÇÃO
Fevereiro de 2024 | 7 mil exemplares

EDIÇÃO, PREPARAÇÃO E NOTAS
Leonardo Möller

REVISÃO
Naísa Santos

CAPA, PROJETO GRÁFICO E DIAGRAMAÇÃO
Victor Ribeiro

FOTO DO AUTOR
Kleber Bassa

IMPRESSÃO
Lis Gráfica

CASA DOS ESPÍRITOS EDITORA
Avenida Álvares Cabral, 982, sala 1101
Belo Horizonte | MG | 30170-002 | Brasil
Tel.: +55 (31) 3304 8300
editora@casadosespiritos.com.br
www.casadosespiritos.com.br

ROBSON PINHEIRO

PELO ESPÍRITO **ÂNGELO INÁCIO**

NOVA ORDEM MUNDIAL

Dados Internacionais de Catalogação na Publicação (CIP)
(Câmara Brasileira do Livro, SP, Brasil)

Inácio, Ângelo (Espírito)

Nova ordem mundial — pelo Espírito Ângelo Inácio ; [psicografado por Robson Pinheiro]. – 1. ed. – Belo Horizonte, MG : Casa dos Espíritos Editora, 2024.

ISBN: 978-65-87795-07-2

1. Covid-19 – Pandemia 2. Doutrina espírita 3. Espiritismo 4. Mediunidade 5. Política 6. Psicografia I. Pinheiro, Robson. II. Título.

23-177326 CDD–133.93

Índices para catálogo sistemático:
1. Psicografia : Espiritismo

OS DIREITOS AUTORAIS desta obra foram cedidos gratuitamente pelo médium Robson Pinheiro à Casa dos Espíritos, que é parceira da Sociedade Espírita Everilda Batista, instituição de ação social e promoção humana, sem fins lucrativos.

COMPRE EM VEZ DE COPIAR. Cada real que você dá por um livro espírita viabiliza as obras sociais e a divulgação da doutrina, às quais são destinados os direitos autorais; possibilita mais qualidade na publicação de outras obras sobre o assunto; e paga aos livreiros por estocar e levar até você livros para seu crescimento cultural e espiritual. Além disso, contribui para a geração de empregos, impostos e, consequentemente, bem-estar social. Por outro lado, cada real que você dá pela fotocópia ou cópia eletrônica não autorizada de um livro financia um crime e ajuda a matar a produção intelectual.

O Acordo Ortográfico da Língua Portuguesa, ratificado em 2008, foi respeitado nesta obra.

A ELAINE PINHEIRO,
agente dos guardiões da humanidade, cujo
sobrenome — mera coincidência — é tão
somente o menor dos pontos a nos unir.

"POIS NÓS NÃO LUTAMOS contra inimigos de carne
e sangue, mas contra governantes e autoridades
do mundo invisível, contra grandes poderes
neste mundo de trevas e contra espíritos
malignos nas esferas celestiais."

EFÉSIOS 6:12 (NVT)

"POIS A NOSSA LUTA não é contra pessoas, mas contra poderes e autoridades, contra os dominadores deste mundo de trevas, contra as forças espirituais do mal nas regiões celestiais."

EFÉSIOS 6:12 (NVI)

"PORQUE NÃO TEMOS QUE LUTAR contra a carne e o sangue, mas, sim, contra os principados, contra as potestades, contra os príncipes das trevas deste século, contra as hostes espirituais da maldade, nos lugares celestiais."

EFÉSIOS 6:12 (ACF)

SUMÁRIO

CAPÍTULO 1

14 O INIMIGO DA HUMANIDADE

CAPÍTULO 2

42 ZONA DO CREPÚSCULO

CAPÍTULO 3

66 AS CAVERNAS DO TERROR

CAPÍTULO 4

90 PRINCIPADOS

CAPÍTULO 5

128 O NINHO DO DRAGÃO

CAPÍTULO 6

152 **O QUE TIVER DE VIR VIRÁ E NÃO TARDARÁ**

CAPÍTULO 7

180 **A ESTRATÉGIA**

CAPÍTULO 8

206 **NOVO CAMPO DE BATALHA**

CAPÍTULO 9

232 **ERA INTERMEDIÁRIA**

CAPÍTULO 10

266 **AMIGOS DA HUMANIDADE**

289 AGRADECIMENTOS

290 REFERÊNCIAS BIBLIOGRÁFICAS

CAPÍTULO 1

O INIMIGO DA HUMANIDADE

MUITOS ANOS ATRÁS...

le deslizava sobre o solo do conjunto de cavernas como se flutuasse levemente, a despeito da densidade de seu corpo semimaterial, o qual se mantinha coeso apenas em razão de poderosos campos de força, que lhe conferiam aspecto inalterado ao longo dos milênios. Preferia se manifestar disfarçado perante quem quer que fosse, sem se mostrar por completo; tão somente projetava seu símbolo, de maneira que os demais *daimons* e seus asseclas pudessem perceber sua presença.

Alguém que o observasse o descreveria com feições andróginas. Lembrava um ser humano — com olhos, nariz, boca, cabeça e membros —, muito embora houvesse várias diferenças; algumas tênues, outras mais patentes. Guardava o formato de certas raças humanoides da Via Láctea. De todo modo, aquela era uma aparência, em boa medida, artificial ou circunstancial. Valia-se dela com maior frequência, por exemplo, quando se projetava na mente de pessoas psiquicamente mais impressionáveis — sensitivos, artistas, entre outros —, pois assim era identificado como a entidade, o ser inominável, o representante máximo do demiurgo Jeová e as diversas faces de um deus caído no terceiro planeta do Sistema Solar. Entretanto, nem sempre era aquela imagem que exibia aos demais.

A consciência daquele ser pesava vibratoriamente, devido ao largo desvio do projeto evolutivo para sua alma. O clamor de milhões e milhões de indivíduos assassinados pelo delinquente cósmico, de cujos corpos — de natureza física ou menos densa, fossem de matérias orgânicas, fossem de compostos energéticos — haviam sido arrancados à força, em virtude de atos abomináveis e de chacinas levados a efeito ao longo de milênios e em diversos mundos; as revoltas provocadas em planetas onde suas ideias foram disseminadas ou impostas, com as consequências desastrosas de seu projeto de poder inumano; tudo isso oprimia o ser enigmático, naquele momento disfarçado, pois nenhum dos lordes das trevas deveria descobrir sua identidade. Essa era a estratégia de domínio sobre as inteligências que ele subjugava.

A aparência real daquela criatura consistia em algo indecifrável, pois que era moldada mediante o uso indiscriminado de mais de seiscentas roupagens diferentes, corpos artificiais dos quais lançava mão a seu bel-prazer, segundo as intenções de sua mente diabólica. Porém, o repertório de indumentárias artificiais fora corrompido. O ser inominável fora desnudado; as artimanhas e os segredos seus e de seus demônios, revelados.

"Seu coração se encheu de orgulho por causa de sua beleza. Sua sabedoria se corrompeu por causa de seu esplendor. Por isso o atirei à terra e o expus ao olhar dos reis. Você profanou seus santuários com seus muitos pecados e seu comércio desonesto. Por isso fiz sair de dentro de você um fogo que o consumiu. Reduzi-o a cinzas no chão, à vista de todos que observavam."[1]

O segundo em poder — na época, o número 2 — fora convocado perante o maioral, o ser medonho supremo entre os *daimons*. O número 2 mirou a imagem que apareceu fantasmagórica no ambiente e, mesmo que a conhecesse há milênios, ainda assim assombrou-se. Ademais, sempre era induzido, pela forma de apresentação escolhida pelo número 1, a fustigar o ódio que nutria pela civilização terrena; era levado a um estado de espírito impossível de descrever plenamente na linguagem humana.

Novamente, a dor moral que se abatia sobre o número 2 era algo inenarrável. Ele se lembrava de tempos remotos, de épocas imemoriais nas quais perambulava pelo espaço, há eras, entre um orbe e outro. Mundos que ajudara a aniquilar; humanidades inteiras que foram obrigadas a se refugiar em

---

1. Ez 28:17-18 (BÍBLIA de estudo NVT. Nova Versão Transformadora. São Paulo: Mundo Cristão, 2018).

planetas primitivos ou, então, foram albergadas em outros mais desenvolvidos, porém, em galáxias distantes. Bilhões de vidas ceifadas, que clamavam por vingança, emitiam seus pensamentos ininterruptamente espaço afora. Sentir isso e contemplar os próprios feitos, a esta altura, fazia com que o número 2 se abatesse.

Seria uma prévia de arrependimento, de remorso? Ninguém poderia afirmar. Isso porque os intricados processos mentais e emocionais, mesmo duramente reprimidos, não eram conhecidos por nenhum ser humano; ao menos, nenhum dos humanos da Terra guardava condições de compreender as trilhas de pensamento de seres tão antigos quanto os *daimons* e seus sequazes. Todos, simplesmente todos eles há milênios eram prisioneiros de um planeta que girava quase desconhecido pela periferia da galáxia, nos braços espiralados da Via Láctea.

A dor profunda e duramente dissimulada que o acometia ameaçava eclodir, irromper de maneira descomunal. Fragmentos de outrora, lampejos de memórias arcaicas traziam à tona recordações de antigos amores, de algo que alguém talvez pudesse traduzir como sendo um agrupamento, um clã ou uma família. Mas isso não existia mais. Restavam somente a dor causticante e os pensamentos irrequietos, que se somavam ao mais agudo e complexo processo de obsessão, calcado sobre um sentimento de culpa tão tremendo, vivido em nível cósmico, que nenhum ser do planeta Terra poderia compreender em seus meandros e sutilezas.

Ele estava cansado, o número 2 em poder; ao mesmo tempo, era um dos soberanos na organização sombria do averno. Sentia-se exausto diante dos milênios de lutas inglórias e de derrotas impostas pelos agentes do sistema de segurança cósmica e da justiça sideral, coordenados pelo grande príncipe, Miguel.[2]

Mas não havia como retroceder, não havia como descansar. Só lhe restava dar continuidade ao projeto de poder do qual ele próprio era peça-chave — e, também, cativo —, juntamente com os outros seis representantes máximos da escuridão. De qualquer modo, vivia numa prisão inexorável, pois o sistema político engendrado e levado a cabo por essas inteligências sinistras as mantinha reféns dos encantos e das ideologias traiçoeiras que subjugavam a todos. Movia-o, ainda, o desejo ardente de retaliação contra a humanidade, alvo do seu desprezo, como maneira de aniquilar os planos do Cordeiro e de seus guardiões. Acreditava que, dirigindo sua ofen-

---

2. Cf. Dn 12:1; Jd 1:9; Ap 12:7.

siva à civilização planetária, conseguiria satisfazer a ira dentro de si; agindo assim, esperava aplacar o sentimento de culpa que o corroía no grau mais alto que alguém poderia conceber.

DESDE AS ENTRANHAS DO PLANETA, junto ao magma incandescente, em dimensões ignotas da realidade extrafísica, escorria um líquido inflamado. O grande dragão, o número 1 e mais temível entre os sete maiorais das regiões ínferas, deslizava ou arrastava-se, ostentando sua aparência de poder hediondo perante as sombras que se erguiam no seu entorno.

Ele revoluteava em meio à lava, aos elementos, aos ácidos fervilhantes e às sinistras estruturas que revelavam a natureza de um mundo rudimentar e, ao mesmo tempo, um mundo-prisão. Escorria uma mistura de metal inflamado, viscoso, como se vertera do interior de algum planeta da dimensão sombria, isto é, do universo dimensional onde habitava junto com seus comparsas, os quais reunira em torno de si durante o período do grande expurgo. Por centenas de milênios, esses infelizes do primeiro escalão não sabiam nem sequer a identidade daquele que os arrastara ao abismo mais profundo, numa das regiões mais distantes da galáxia, a qual pretendiam dominar sob a férula de um deus decaído.

O número 1 resolvera, na ocasião, assumir o disfarce predileto para se projetar nas paisagens do universo profundo onde reinava cativo. Na sua roupagem mais perfeita, esculpida em forma quase angelical, andrógina, simplesmente deslizava no ambiente, sem denotar esforço. Locomovia-se enquanto a mão direita tocava o magma ardente, com um olhar estranhamente diabólico, como se alguém o espionasse e ele soubesse disso. Pois ao certo, sabia ele — o ser mais vil que vivia desolado nos mundos ínferos da etérea dimensão — que, malgrado todo o empenho a fim de preservar sua identidade misteriosa, jamais lograria passar ao largo da vigilância dos representantes da justiça, estivessem eles onde estivessem.

Bem lá no fundo, ele, o maioral, admitia que seu paradeiro era conhecido por alguém que sondava seus atos de muito longe — ou, quem sabe, de mais perto do que pudesse perceber. Decerto, o olhar atento de Miguel, para quem não havia barreiras físicas nem magnéticas, espreitava-o constantemente, de cumes altíssimos, de outro céu ou de um universo paralelo. O arcanjo planetário tão somente rasgava o tecido sutilíssimo que separa as dimensões e, assim, perscrutava o averno com sua autoridade, com o poder que lhe fora concebido pelas superconsciências cósmicas.

O *daimon* número 1 tinha plena consciência de que era sempre vigiado. Tal ser, de tão grande hediondez e de mente tão brilhantemente diabólica, não poderia ser deixado à mercê de si mesmo. Tampouco o orbe onde esse indivíduo encontrara seu cárcere poderia ser legado, apenas, à ação pérfida e ao comando de tão grande pária.

Fios enrolados, encaracolados, longos, aparentando ser dotados de vida própria, esvoaçavam de sua cabeça. Todas as vezes que aparecia com aquela indumentária, ele transmitia a impressão de que tinha cabelos revoltos, ondulados. Contudo, somente muito mais tarde se poderia, mediante exame cuidadoso, notar que as mechas constituíam, na verdade, fuligem mental na forma de pseudópodes, elaborados a partir da matéria fluídica. Tratava-se da conformação mais bizarra de sua aura e de seus pensamentos irrequietos; resultavam diretamente de seu corpo mental degenerado.

Contrastando com a materialidade e a fealdade de sua aura, que irradiava como tentáculos vivos de sua cabeça, era quase angelical a sua fisionomia. Com efeito, tais feições, escolhidas a fim de ocultar-se — talvez principalmente de si próprio —, não passavam de disfarce da realidade da alma, cuja carcaça exalava em torno de si, como um perfume exótico, a mais pura ignomínia. Na verdade, aquele ser inominável, quase indescritível, era uma exoconsciência dotada de habilidade mental e de intelecto tão notáveis que poderia ser invejado por quantos não lhe conhecessem o caráter pérfido. Afinal, era o dragão dos dragões, o número 1 dos maiorais das regiões ínferas. Se bem que até ele próprio já não tinha tanta convicção de sua posição como outrora. Nunca vacilara assim, ao contemplar a estrutura de poder do universo diante da qual se colocara como adversário, na tentativa de derrogar as leis que regem o processo evolutivo dos mundos.

"Como caíste desde o céu, ó Lúcifer, filho da alva! Como foste cortado por terra, tu que debilitavas as nações! E tu dizias no teu coração: 'Eu subirei ao céu, acima das estrelas de Deus exaltarei o meu trono, e no monte da congregação me assentarei, aos lados do norte. Subirei sobre as alturas das nuvens, e serei semelhante ao Altíssimo'. E, contudo, levado serás ao inferno, ao mais profundo do abismo."[3]

(A representação simbólica do dragão consiste, de fato, na imagem mais apropriada a ser identificada com a radiografia daquelas almas, de sua mente e de seu intelecto — sem, contudo, guardar

3. Is 14:12-15 (BÍBLIA de estudo Scofield. Versão Almeida Corrigida Fiel [ACF]. São Paulo: Holy Bible, 2009.)

nenhuma relação com a aparência que tais entidades escolhem para se apresentar. A figura mítica do dragão ou da serpente alada é capaz de voar; portanto, segundo a compreensão simbólica, sugere o domínio do elemento ar. Ao mesmo tempo, a criatura mitológica, por meio das patas, também se locomove no solo e, assim, denota autoridade sobre o elemento terra, ou seja, sobre todos os seres que vivem na superfície do planeta.

A personagem do dragão ainda nos remete a um ser que expele chamas, labaredas, fato que carrega grande conotação simbólica, pois indica o controle que exerce em relação ao fogo. Como um ser de natureza anfíbia, é compreensível que mergulhe em águas doces e salgadas, assim ilustrando o poder que tem de penetrar o âmago de oceanos, mares e rios e manipular o elemento água. Eis por que a imagem do dragão, eleita há milênios para representar os seres caídos,[4] reflete muito bem essa categoria de inteligências milenares e sua hegemonia sobre os reinos da Terra. Um ser que seduz e, além disso, detém amplos conhecimentos acerca

---

4. "E foi precipitado o grande dragão, a antiga *serpente* [Gn 3], chamada o Diabo, e Satanás [cf. Lc 4:1-13], que engana todo o mundo; ele foi precipitado na terra, e os seus anjos foram lançados com ele" — Ap 12:9 (ACF). Cf. Is 27:1; Ap 12:7; 20:2.

de uma ciência que domina, em várias dimensões.)

O símbolo da serpente afogueada pairava sobre o ambiente extrafísico do sistema de cavernas, localizado numa dimensão escura daquela realidade. Descia o ser inumano cada vez mais, vibratoriamente — como se isso lhe fosse possível, devido à sua situação de materialidade extrema, um tipo de materialidade dificilmente concebido por qualquer terráqueo. Adentrou outro recinto, onde tudo se modificava, como se noutro local estivesse, como se noutro mundo transitasse, e sobre fluidos ainda mais grosseiros deslizasse. Seria tudo projeção de sua mente? De todo modo, estava agora num amplo salão, onde diversos corpos, uma multidão deles, permaneciam suspensos, e a um só tempo conferiam um ar macabro e tecnológico ao lugar, lembrando o cenário de um filme de horror. Eram corpos artificiais com os quais o ente se revestia, a depender das circunstâncias e de acordo com seus planos de dominação. Mirava aquela cena e uma dor lancinante o tomava por inteiro, pois tudo fora arruinado. As vestimentas artificiais estavam danificadas, derretidas, destroçadas... Nada mais era como antes.

Em algum lugar, o barulho de máquinas que pareciam estar distantes era percebido pela constante reverberação. E ali defronte, perante o inominável, o que restara das indumentárias, das capas ou dos corpos artificiais. Eram mais de seiscentos exemplares, mais de seiscentas faces ou identidades.

Ele observava tudo silenciosamente, num misto de mágoa, ira e ressentimento. Revestia-se, então, de um aspecto diferente. Cabeça cônica, olhar astuto, olhos grandes, boca pequena e lábios proporcionais, num corpo longilíneo; tudo lhe emprestava as feições de um ser harmonioso. Mãos e braços descreviam movimentos elegantes, quase em câmera lenta. Deslizava, aparentemente, de modo ainda mais suave pelo novo local. Era como se aquele ambiente diferisse do anterior ou fosse mesmo outro, muito embora se abrigasse no interior daquela espécie de caverna de grandes proporções, incrustada nas entranhas de um mundo sombrio. Tal era a dimensão ou o universo onde se encarcerara a antiga serpente, o dragão, o arqui-inimigo da humanidade.[5]

Ninguém saberia dizer com certeza se ali era a base principal da entidade. Talvez emitisse a partir daquele universo sombrio, por meio de seus ten-

---

5. "E aos anjos que não guardaram o seu principado, mas deixaram a sua própria habitação, reservou na escuridão e em prisões eternas" — Jd 1:6 (ACF). Num só versículo, fala-se dos desterrados e da dimensão à qual foram confinados. (Cf. 1Pe 3:19.)

táculos mentais, as projeções de seu pensamento rumo aos alvos escolhidos com precisão. Quem sabe? Operava suas faculdades de maneira distinta de qualquer lógica concebida pelo raciocínio humano; empregava trilhas tão diferentes quanto inimagináveis pelos mais hábeis cientistas da mente de quaisquer dos mundos por onde tivesse passado nos milênios sem fim.

A figura andrógina prosseguiu seu cortejo por outros salões, fitando as carcaças ali dispostas, isto é, os cascões astrais constituídos de matérias de variada origem — arrasados, para seu enorme desgosto —, tanto os de aspecto mais bizarro quanto aqueles mais triviais, segundo as concepções humanas. Continuou a deslocar-se sobre a paisagem astral das furnas ínferas, com memórias que impregnavam seu corpo mental; e, assim, passou de um ambiente a outro, e a mais outro ainda.

Foi a partir daquele antro que resolveu enviar instruções ao número 2 em comando. Muito embora se mantivesse invisível, disfarçado, projetou um clarão, um comando e um condicionamento mental, transmitindo detalhadamente o plano que deveria ser observado, perseguido minunciosamente e levado a efeito setenta anos à frente, desencadeando um processo que duraria três décadas. Para isso, tudo deveria ser preparado passo a passo.

Nada seria feito de forma açodada; nada se realizaria sem um planejamento estratégico de guerra. E outra vez o número 2 pôde entender por que aquele ser, que nitidamente lhe era superior do ponto de vista intelectual, era reconhecido como o número 1 no sistema de poder ao qual se filiava.

O NÚMERO 2 DOS *DAIMONS* chegou a um local onde se reuniam diversos indivíduos, inclusive alguns de aparência humanoide, porém, diferentes da raça que povoava a superfície do planeta na atualidade. Eram os prepostos que estatuíra em meio às fileiras de renegados e párias, isto é, os principais chefes das legiões demoníacas, os arquiduques infernais. Foram designados às nações de leste a oeste do globo terrestre, cada qual responsável por determinada região espiritual e por certo país. Todos se levantaram quando o ente apareceu. Adentrou o ambiente, que parecia impregnado de um magnetismo indescritível, manifestando-se na forma que escolhera para se dirigir a seus asseclas. Contudo, nunca se deixava conhecer como o segundo em comando; perante os príncipes das trevas, era apenas um entre os sete maiorais do abismo e, como tal, representava a mais alta cúpula da escuridão.

Dificilmente os homens de qualquer mundo, inclusive da Terra, suporiam que as legiões ínferas tivessem uma organização daquela abrangência e um sistema de governo de tamanha magnitude. Todos os presentes saudaram em uníssono, fazendo suas vozes repercutirem naquela dimensão sombria:

— Salve o senhor dos mundos sombrios! Salve Vossa Majestade Satânica!

O ente demoníaco disfarçara-se de modo a impedir que a plateia identificasse qual dos sete maiorais se comunicava. Assumira aspecto irretocável... Ao menos para os arquiduques infernais, era a própria majestade satânica, ante a qual se curvavam. Jamais desconfiavam, à época, que o homicida cósmico exibia, em sua aparência externa, apenas uma faceta artificial. Sendo alguém tão perverso e de poder tão gigantesco, ocultava sua verdadeira identidade, exatamente como fazia o número 1.

A entidade ergueu a mão, num gesto de solene desprezo perante o que ouvia dos príncipes e dos arquiduques das regiões infernais. Todos se calaram de pronto. Então, deixou que os mais de trezentos espíritos, cada qual escolhido e testado por ele próprio, medissem-no, contemplassem-no e o admirassem. Enquanto incendiava a fogueira de vaidades, guardava só para si o segredo de seu poder diabólico. Por certo tempo, assim se daria — ao menos diante de seus asseclas e até dos cinco *daimons* abaixo de si na hierarquia do abismo.

Entrementes, a voz tenebrosa ressoou nas entranhas do submundo. A localização do ato era imprecisa, devido ao aparato de segurança acionado nas furnas abissais onde se reuniam. Os principados ali presentes perceberam a voz como se fosse uma emissão mecânica, não obstante seu efeito hipnótico repercutisse nas almas enigmáticas de todos.

— Fostes escolhidos por nossa liga — principiou o número 2. — Aliás, recebestes meu consentimento, pois vos confiei, meus príncipes e arquiduques, a direção das nações. Cada qual possui uma outorga, conferida por título nobiliárquico, sobre os reinos do planeta, tanto quanto perante as hordas do abismo.

Todos se levantaram uma vez mais, diante de quem consideravam ser o maioral. E assim deveriam continuar acreditando. Gritaram, uivaram e aplaudiram o enviado, que ria dissimuladamente, tendo em vista a própria encenação e os resultados colhidos.

— Agora chegou um momento decisivo — falou a criatura, enquanto se levantava de onde estivera até então e se posicionava noutro lugar, a fim de que pudesse ser vista com mais facilidade e percebesse, também, mais amplamente, o semblante dos convidados. — É hora de demonstrardes total submissão ao comando supremo, ao primeiro comando de vibrações, conforme nos denominamos. Recebestes nossa confiança e, como contrapartida, novamente exigimos que vos sujeiteis ao plano dos *daimons*, os que viemos de muitos mundos e diante de quem os impérios de orbe após orbe se curvaram.

Todos ali já haviam recebido um implante de natureza indefinível, elaborado em material igualmente desconhecido, quando foram atribuídos aos territórios terrenos. Na ocasião, foi-lhes conferida a primazia sobre as legiões sombrias.

— A programação e as novas determinações trazem o planejamento quanto ao que vos competirá desenvolver, com todos os detalhes acerca das ações que deveis desencadear. Malgrado a atualização dos dispositivos de matéria mental implantados em vossa estrutura psíquica, preservareis a consciência e a autoridade, que jamais vos serão tomadas.

Após ligeira pausa dramática, arrematou:

— Inicia-se, agora, a fase dois do grande plano. Minhas ordens já foram dadas e, portanto, é mister que sejam cumpridas na íntegra, sem delongas.

Um dos príncipes das regiões inferiores levantou a mão e pediu a palavra:

— Se porventura algum de nós se recusar a conceder permissão para que seja feita a atualização para algum plano que desconhecemos... que poderia suceder caso esse principado, por hipótese, não obedeça aos ditames de Vossa Majestade?

A entidade movimentou-se lentamente, elevou-se alguns centímetros do solo daquele ambiente e fitou, com olhar misterioso, enigmático, o príncipe que se pronunciara. O silêncio era total naquele momento. A potestade que ousara se manifestar arrependeu-se de imediato e para sempre de tê-lo feito, mas já era tarde; era impossível voltar atrás. De maneira teatral, o maioral dos infernos olhou para o teto. Despertou na plateia a convicção de seu jugo inquestionável à medida que o símbolo da serpente ganhava forma acima de todos.

De repente, sem que o soberano luciferino dissesse uma única palavra, um remoinho de pura energia simplesmente tragou a alteza lúgubre que o havia questionado. Logo se ouviram seus gritos medonhos repercutirem pela dimensão sombria.

Houve um clarão, um relâmpago. Em meio ao clarão, todos puderam ver um pouco mais além, a despeito da penumbra que permeava o local. Divisaram leitos e equipamentos bizarros, reflexos de uma tecnologia ignota, que se evidenciava mediante sombras projetadas contra paredes de alguma espécie. Mais clarões e vozes, e sons aparentemente inarticulados. Houve vozerio e trovões, enquanto uma fumaça parecia sobrevir do abismo, de regiões ainda mais profundas.

O contexto impressionava até a mais sagaz das criaturas. Durante os fenômenos, escutaram algo que foi interpretado como o som de uma grande explosão, de um mundo em agonia, de um planeta sendo devastado e, por fim, sucumbindo. O número 2 queria que os principados vissem exatamente aquilo que os *daimons* testemunharam. A partir de sua mente atroz, dantesca, lançou determinados cúmulos que lhe povoavam o campo mental. Derramou sobre os demais a angústia e as agruras da própria consciência e, nessa transferência de imagens e emoções, aliviava o tributo de dor e agonia que os clichês mentais impunham sobre si. Tratava-se de aberrações de uma alma acometida por um processo de obsessão de proporções cósmicas, em máximo grau, com as devidas consequências agravadas pela repressão daqueles dilemas por séculos e milênios. Como um dos mais astutos dominadores do abismo, o número 2 encontrara um artifício capaz de arrefecer a pressão interna, mesmo que o efeito fosse passageiro.

Os conteúdos mentais, eivados de traumas e emoções, foram despejados sobre todos, mas ainda mais intensamente naquele príncipe capturado, um hospedeiro despreparado e pego de surpresa. O fenômeno aterrorizaria qualquer ser, fosse humano, fosse inumano, fosse qualquer das exoconsciências presentes.

Afinal, nenhuma das criaturas ali reunidas eram originárias da Terra. Para cá vieram centenas de séculos atrás; adaptaram-se quanto puderam e, ao fazê-lo, aprimoraram as condições precárias dos hominídeos e construíram a civilização sob seu olhar atento — e sob o jugo de seus líderes sombrios. Esse capítulo da história levou o próprio Cristo a declarar: "O meu reino não é deste mundo; [...] agora o meu reino não é daqui".[6] Semelhante constatação estampou-se noutro ponto dos Evangelhos do seguinte modo:

"E o diabo, levando-o [Jesus] a um alto monte, mostrou-lhe num momento de tempo todos os reinos do mundo. E disse-lhe o diabo: 'Dar-te-ei a ti todo este poder e a sua glória; *porque a mim me foi entregue, e dou-o a quem quero*. Portanto, se tu me adorares, tudo será teu'".[7]

Logo depois da transferência de conteúdos aflitivos por parte do dragão número 2 — ação

6. Jo 18:36 (ACF).

7. Lc 4:5-7. "Novamente o transportou o diabo a um monte muito alto; e mostrou-lhe todos os reinos do mundo, e a glória deles. E disse-lhe: Tudo isto te darei se, *prostrado*, me adorares." — Mt 4:8-9 (ACF, grifos nossos).

premeditada, nefasta e vigorosa sobre a mente dos príncipes das trevas —, o silêncio impôs-se outra vez. Um silêncio tão arrepiante quanto significativo, tão profundo quanto se fosse algo palpável, medonho. Semelhante a um sepulcro planetário após a extinção de sua humanidade, o silêncio preencheu as almas daqueles que se consideravam a casta de seres majestáticos das profundezas. Foram banhados, exuberados em um horror formidável, indescritível, cruento.

O remoinho de energia que envolvera o principado se esvaneceu aos poucos, deixando algumas reverberações similares a faíscas de eletricidade, enquanto o que restara de seu espírito rolou pelo chão, causando assombro entre as potestades e "os príncipes das trevas deste século" nas regiões infernais.[8] Mediante a ferocidade mental do *daimon*, o insigne duque das profundezas transformara-se num indigente desgraçado, num ser degenerado, cuja mente ficara prisioneira em seu próprio mundo íntimo, de culpas e autopunições indescritíveis. Enfim, tornara-se cativo de seu próprio inferno e enlouquecera completamente. Perante a elite das hostes da maldade, fora convertido em exemplo vivo de que nunca deveriam questionar as ordens dos maiorais.

8. Cf. Ef 6:12 (ACF).

Levantaram-se todos, de imediato, convictos da mensagem que fora comunicada durante a punição espetacular. Dirigiram-se silenciosamente, um após o outro, cada qual se deitando sobre um leito, recorrendo à obediência para sufocar o misto de terror e pânico que lhes assolava a intimidade. Aguardaram em completa submissão.

A tormenta mental e emocional que as entidades maléficas experimentavam não ofuscava quão brilhante era a próxima etapa do plano arquitetado, com requintes de crueldade, pelos mandatários das regiões abissais. Deveria ser conduzida de maneira a se consumar, no plano físico, em até setenta anos, com repercussões ao longo de mais trinta anos adiante. Logo, era um projeto secular. Mesmo para os príncipes e os arquiduques das legiões ínferas, isso soava ambicioso e era difícil de conceber.

O número 2 riu e zombou dos habitantes do planeta-prisão, que forjariam sua própria desdita. Além da vingança contra a civilização, o que mais queria, da parte de seus sequazes, era a total submissão. Jamais admitiria lhe negarem obediência, mesmo em seus caprichos; em hipótese alguma permitiria que alguém em sua corte tenebrosa o contrariasse ou ousasse sequer questionar suas estratégias ou sua autoridade. Assim era e assim seria, ainda por longo tempo.

O plano dos *daimons* fora condensado, criptografado e estava pronto para ser descarregado no implante psíquico dos príncipes das trevas, para então, somente com o passar dos anos, ser posto em prática. Seria feita uma espécie de *download*, transferindo-se a programação diretamente a partir do espaço mental-temporal, um espaço intermédio entre dimensões e universos, onde o maioral guardava toda a estrutura de planejamento e de poder jamais conhecida pela humanidade terrestre. Engendrava-se uma nova ordem mundial com antecedência nunca pensada pelos homens.

O plano estratégico fora minunciosamente arquitetado, de tal forma que deveria ser ativado somente por um conjunto de fatores mundiais, a menos que os terráqueos fizessem os acontecimentos se precipitarem, mediante certas atitudes e certos comportamentos em escala global. Apenas quando esses elementos se consumassem no cenário internacional é que se desencadeariam contradições relevantes o suficiente para acionar a programação incutida na mente das potestades.

Mesmo que ele próprio, ou até o maioral número 1, de alguma maneira, fosse capturado ou deportado, o programa dos setenta anos entraria em ação, pois nele havia instruções baseadas na experiência dos dois *daimons* principais, artífices do colapso de muitos mundos. Tais códigos garantiriam que os poderes e os chefes de legião cumprissem sua função na ordem geral. Cada um de seus fantoches estabeleceria conexão, desde o vínculo gestacional, com três ou quatro viventes no mundo, previamente designados; ou seja, a cada futura liderança mundial prestes a nascer corresponderia uma potestade. Ao *daimon* número 2 competiu identificar espíritos de antigos reis, generais, tiranos e líderes, mapeando quando renasceriam na dimensão física. Não lhe foi difícil, tendo em vista que os conhecia de épocas pretéritas.

O plano de cem anos se iniciara. Visando ao domínio e à manipulação de figuras proeminentes no âmbito internacional, era uma estratégia desenhada para o futuro, a qual se arquivara, a partir daquele procedimento, na memória dos seres infames. O elo dos lordes das profundezas com espíritos de antigos coligados dos *daimons*, que em breve regressariam ao palco do mundo, começara a se estabelecer desde então. Mediante o emprego de uma tecnologia desconhecida pelos terráqueos, as legiões ínferas foram atreladas aos futuros líderes — mais de mil criaturas —, cujas mentes já sofreriam influência desde antes de reencarnarem.

Cada membro da corte sinistra recebera determinado conjunto de incumbências, a ser levado a efeito passo a passo, até o completo desenvolvimento do projeto de poder. À medida que a confluência de fatores no cenário global se tornasse favorável, o plano diabólico seria finalmente revelado a todos eles. Aí então, os príncipes do mundo invisível conheceriam os detalhes do que fora arquitetado em meio às brumas do tempo e às sombras da maldade, onde transitavam com facilidade o número 1 e os demais *daimons*, os sete representantes dos poderes infernais.

O projeto de imbecilização da humanidade estava devidamente encaminhado. Tudo deveria seguir um protocolo, uma arquitetura mental, de maneira a inaugurar, no planeta Terra, uma nova ordem mundial, da qual se pretendia que ninguém, nenhum humano escapasse.

CAPÍTULO 2

ZONA DO CREPUSCULO

Aquela não era uma noite tão normal como seria de se esperar. Talvez os humanos encarnados jamais suspeitassem de que, num contexto diferenciado — a próxima dimensão —, havia intenso vaivém, o revoar de seres que viviam despercebidos pelos mortais comuns. Nenhum dos filhos de Adão ou das filhas de Eva sequer notou os movimentos, os pensamentos ou os sons emitidos pela turba. Não poderiam identificá-los, pois tudo no mundo dos chamados vivos transcorria dentro da aparente normalidade do século XXI, com suas peculiaridades e trivialidades absurdas.

O barulho provocado pela horda sinistra até poderia ser ouvido ao longe caso os sentidos apropriados fossem acionados ou desenvolvidos pelos viventes. Contudo, nessa hipótese, seria preciso haver interesse e foco nos acontecimentos extramateriais, extrafísicos. Ajustando-se a frequência humana com aquela da dimensão mais além, os sentidos se aguçariam e se captaria o invisível. Uma vez estabelecido o contato necessário, a percepção dos fatos graves e marcantes em andamento se tornaria possível.

Rumor intenso lembrava o adejar de morcegos ou algo similar. Alvoroço irritadiço se espalhava no entorno, quando um terrível sonido ressoou no ambiente extrafísico. Ao mesmo tempo, um sibilo e, depois, vários sons inflamaram a atmosfera psíquica, os quais remetiam a guinchos macabros. Reverberando nos fluidos densos, quase na dimensão material, algo que pareceria aos humanos um tipo escabroso de lamento, de ácidas lágrimas murmurantes, irradiava-se numa frequência demoníaca, aproximando-se vibratoriamente da morada dos homens. Outro som juntava-se àqueles, proveniente de gargantas diabólicas, inumanas, retumbando alto; era estridente, penetrante e cortante como uma navalha afiada.

Movia-se a horda de espíritos em meio aos fluidos semimateriais. Entretanto, não era constituído de espíritos comuns aquele adensamento imaterial de seres da penumbra. Como em toda malta, existia o chefe, mas também, nesse caso, peritos e exímios estrategistas. Era uma mescla de seres dotados de capacidades, habilidades e especializações que dificilmente se encontrariam no ajuntamento humano a que se chama civilização — sobretudo reunidos ao mesmo tempo, em tamanha quantidade e imbuídos daquelas terríficas intenções e absurdas vontades, férreas e indomáveis, concentrados em seus objetivos perversos. Não se via humano algum que rivalizasse com as artimanhas do inimigo, tampouco que se preparasse para enfrentar os dardos inflamados dos adversários invisíveis da humanidade, com raras exceções.

Despencando nos fluidos astrais, os seres horrendos e famintos de ectoplasma, de emanações doentias, deram uma volta e arremeteram em direção à Ásia. Desde sua posição entre as dimensões, avistaram as vibrações específicas de cada continente terreno e rumaram, sem pestanejar, para o Oriente, onde estaria o principal alvo de suas investidas ou instrumento de seus propósitos.

Em determinado momento, dividiu-se a infame turba em unidades menores, obedecendo a um comando invisível ou, quem sabe, a uma programação prévia. Uma delas mirou Israel, instalando-se às margens do Mediterrâneo. Outra também se fixou no sudoeste asiático, na região que abrange a Síria, a Turquia e o Iraque. Deveriam preparar o solo que, mais tarde, seria terreno fértil para os principados. Determinado grupo partiu rumo à Rússia, o Grande Urso, que desempenharia um papel importante em futuro próximo. Cumprindo o roteiro forjado por um dos maiores representantes dos *daimons*, o desejo de ressuscitar o antigo império dos czares transformara o ditador daquele país num elemento importantíssimo, o qual seria explorado conforme o planejamento estratégico da nova geopolítica mundial. Um destacamento especial, de exímios especialistas, dirigiu-se à terra do Grande Dragão Vermelho. Era exatamente ali, na China, que parte crucial da estratégia teria início. Cada uma das células tinha tarefas bem-definidas e era chefiada por certo comandante das sombras.

Das bases principais, cuja porta de acesso dimensional correspondia às gargantas da Terra — coincidindo vibratoriamente com o endereço de antigos vulcões, através dos quais se poderiam penetrar as vibrações densas, magnéticas daqueles antros, em instâncias bem próximas ao mundo humano —, dali advinham os planos. Eram elucubrações capazes de abortar o desenvolvimento humano ou massacrar a civilização, além de introduzir no mundo um sistema parasitário, caracterizado pela imbecilidade atroz de homens, governos e ideologias. Depois de serem postas em ação as ideias expelidas das furnas mais profundas e dos úteros pútridos de inspiração demoníaca, que seria da humanidade? Ninguém saberia dizer ao certo.

Dirigiram-se a um conjunto de laboratórios, mais precisamente a um dos principais, que era parte de uma rede que se espalhava por diversas cidades do país milenar. Naquele dia, chovia no acampamento dos homens.

JIN CHANG, UM DOS CIENTISTAS sob a mira das entidades malévolas, quase caiu ao entrar no laboratório principal, onde trabalhava. Estava exausto, devido às noites sem dormir, e recorria a remédios para aumentar suas energias. Porém, tais medicações e suplementos já não adiantavam mais como antes. Tropeçou, mas foi amparado e afinal se segurou, quase milagrosamente.

Estava trêmulo, pois sabia das implicações de suas pesquisas. Chegara a um ponto, no entanto, a partir do qual não conseguia avançar. Faltava terminar certa fórmula para colocar em prática o projeto. Outros cientistas se dedicavam ali, também, às investigações. Contudo, sempre paravam num entroncamento importante e não eram capazes de ultrapassá-lo.

O governo central exigia cada vez mais dele e de sua equipe. Os líderes eram implacáveis. Jin Chang temia pela própria vida e por seus familiares. Ao mesmo tempo que sentia um medo descomunal, devido ao alcance dos experimentos — ou melhor, às potenciais consequências deles —, também era grande a apreensão quanto à represália do Partido em caso de fracasso. Com efeito, um paradoxo se estabelecera dentro de si. Tinha imenso interesse em prosseguir, em virtude da curiosidade científica; por outro lado, o peso da responsabilidade o afligia, bem como o desfecho provável se houvesse êxito na manipulação genética pretendida.

Ele saíra do laboratório por uns minutos, a fim de tranquilizar a cabeça, os pensamentos e as emoções. Buscando evitar a queda, ao regressar, esbarrou no umbral da porta e, a partir de então, ganhou uma marca estranha, avermelhada. Um amigo amparou Jin Chang e acabou se machucando também ao acudi-lo. Bateu o nariz na porta, mas não deu maior atenção, apesar da dor momentânea e do incômodo que se seguiu.

O jaleco branco aparentava estar impecável; no todo, porém, algo indicava desleixo. O semblante do cientista permanecia indefinível; não obstante, quem o visse teria a impressão de que permanecia na mais absoluta tranquilidade. A realidade, no entanto, era bem diversa. Aliás, todos ali estavam exaustos, mas, ao mesmo tempo, eram pressionados pelo Partido, que vigiava tudo e todos. Entre outros mecanismos, estavam sob monitoramento discreto por meios eletrônicos.

Nas imediações do laboratório, não havia sinal de vida, a não ser dos guardas, que tomavam conta do local de maneira ostensiva. Externamente, a construção dava mostras de ser um prédio acadêmico como outro qualquer. Observando-se além das aparências, no entanto, o que se realizava ali dentro permanecia um mistério, mesmo para muita gente que fazia parte do aparato governamental. Grande parte das experiências ali desenvolvidas era considerada estritamente confidencial. Assim sendo, havia uma distância enorme entre o que realmente se passava naquelas dependências e o que era informado ao público, em caráter oficial ou até vazado para a imprensa.

Se tudo ocorresse conforme o esperado, o laboratório ingressaria num novo patamar de testes, e o projeto entraria na chamada fase dois. Competiria à direção técnica convencer os responsáveis de que o objeto da pesquisa, proveniente de certa espécie de animal, não fora adulterado de modo algum. Teriam de ser muito convincentes em sua demonstração. Mas disso nem mesmo Jin Chang sabia naquele momento. Afinal, ele não participava daquele comitê, muito menos das decisões principais a respeito de como a "verdade" poderia ser manipulada e divulgada em nível internacional.

O instituto de virologia era o maior banco de vírus de todo o continente. Estudavam minunciosamente os exemplares à disposição, todavia, mesmo no caso de projetos simples, os riscos envolvidos eram mantidos sob sigilo. De todo modo, dificilmente algum espião se arriscaria ali, pois aquele era considerado o laboratório mais protegido de sua categoria. Além do mais, talvez nem os cientistas que ali atuavam soubessem das intenções reais do Partido, até porque nada era conhecido em minúcias por mais gente do que o necessário. O governo central não admitia publicamente muitas das pesquisas desenvolvidas naquelas instalações, por isso, a política adotada era de controle rigoroso de informações.

"Não posso mais ficar aqui, não posso!", pensou Jin Chang, num rompante de medo, angústia e um quase desespero. Tentou dissimular aquelas emoções e ensaiou partir, mas não deu mais do que algumas dezenas de passos. Ele sabia que, sem sombra de dúvida, não conseguiria ir longe. Meramente sair do anexo cilíndrico que compunha o complexo arquitetônico já não seria fácil, pois se localizava nos arredores da cidade, aos pés de uma colina. Por si só, isso tornava bastante complicada a execução de qualquer plano de fuga. Logo após suspirar e render-se à situação, voltou a seu posto de trabalho. Instantes depois, absorveu-se nos intricados pensamentos que permeavam a manipulação virológica. Imergiu novamente em seu mundo particular e deixou-se capturar por elucubrações de teor técnico, afogando as próprias emoções, os medos e o pânico — ainda que a duras penas.

— Não creio que alguém será capaz de entender,

algum dia, que muitos de nós temos sido obrigados a levar adiante estas pesquisas. Jamais nos compreenderão! — disse para si mesmo, num misto de constatação e racionalização.

Outro cientista, Lin Yun, cruzou com Jin Chang e cumprimentou-o com o olhar, sem articular uma só palavra. Yun sabia que eram monitorados de forma constante. O sistema de segurança fora aprimorado com novas ferramentas e tecnologia. Não podiam conversar abertamente, à exceção de quando saíam do laboratório para fumar ou esticar as pernas, momento em que trocavam algumas palavras e expressões singelas, suficientes para se entenderem. Ali dentro, entretanto, era impossível tratarem de qualquer coisa alheia ao protocolo de trabalho. O Partido jamais permitiria que seus cientistas ficassem tão à vontade assim... afinal, tudo controlava.

"Coitado de Jin Chang", pensou o outro cientista. "A pressão sobre ele tem sido brutal. A família está sob estrita vigilância do governo, com a mulher e o filho sendo monitorados o tempo inteiro. Assim, é obrigado a obedecer a todas as ordens cegamente. Não há saída!", arrematou suas considerações. "Aliás, nenhum de nós tem saída...", enfim constatou, entregando-se silenciosamente ao trabalho após vestir a indumentária do laboratório.

PARALELAMENTE À DIMENSÃO FÍSICA, em uma vibração diferente daquela em que se moviam os cientistas do lugar, Noolan se via sobre o anexo do complexo laboratorial. De constituição semimaterial, pareceria um guerreiro maduro, devido à sua postura, não fossem certas ideias e reações duramente reprimidas ao longo de décadas e mais décadas de adestramento nas fileiras invisíveis dos chefes de legião. Tivera o pensamento firmemente moldado e fortalecido mediante o treino ministrado pelos espectros nas regiões abissais. O amálgama de irradiações mentais em torno de si, impregnado de forte componente emocional, forjara um tipo de magnetismo que se misturava ao monturo de fuligem astral e fluídica. Aliados a sentimentos de natureza grotesca, barôntica, havia indícios de desmazelo e desordem interna, o que era imperceptível aos seus companheiros de trágicas tarefas. Afinal, a mente tenaz daquele indivíduo, proveniente de profundas esferas de maldade e fealdade indescritível, ofuscava o estado de espírito e a atmosfera psíquica não asseada.

Próximo a Noolan, havia outros seres de características semelhantes, os quais o acompanhavam ou, então, escoltavam-no. É claro que guardavam certa distância, pois o chefe da horda exigia que seus sequazes permanecessem sempre alguns passos atrás de si. Ao longe, alguns, embrenhando-se pelas construções do local, pareciam resmungar e se queixar, além de exalarem inquietude extrema. A malta heterogênea era composta por inteligências engenhosas e, ao mesmo tempo, tentadoras, perturbadoras, especialistas na arte de manipular mentes, emoções e sentimentos. Além disso, eram peritas em manejar ectoplasma e materializar elementos da vida astral inferior, como larvas, bactérias e vírus cultivados nos laboratórios invisíveis da dimensão ínfera.

Um dos integrantes da corja aproximou-se de Jin Chang e o acompanhou, segurando uma espécie de placa de cristal e um tubo minúsculo. Adentraram ambos a ala mais restrita daquele laboratório. Dispostos sobre a bancada de vidro, notavam-se instrumentos de tecnologia avançada. Espalhados numa ilha central, viam-se outros aparatos sofisticadíssimos, enquanto, no entorno, quatro cientistas se revezavam entre computadores, pipetas, microscópios eletrônicos e geladeiras estranhas, que continham amostras dos microrganismos ali cultivados. Num equipamento que mais parecia produto de ficção científica, fumaça associada ao nitrogênio líquido exalava de um minipoço central, de onde um dos técnicos retirou, lentamente, um tubo feito de metal e vidro, que emanava uma luminosidade azulínea.

Os cientistas, quando muito, murmuravam... Era visível a forma como lidavam com tudo aquilo. Apenas um deles demonstrava gana e resolução, sabendo das consequências envolvidas.

— Não podemos perder este de vista — observou Noolan, a infernal criatura, chegando ao ambiente com alguns asseclas. — Sozinhos, afinal, não conseguiremos fazer tudo. Precisamos transpor nossa cria e acoplá-la magneticamente ao vírus em desenvolvimento.

— Mas nem todos aqui se prestarão ao que queremos — obtemperou um dos espíritos do limbo.

— É óbvio! Todavia, podemos usar a indignação de uns, o medo de outros, principalmente o medo, para arregimentar os elementos necessários a fim de materializar nosso produto na criação deles — redarguiu o chefe da horda.

A aura de Noolan parecia derreter-se e espalhar-se pelos equipamentos, como se fosse um líquido imundo. Contaminava tudo! O ser diabólico sabia que, ao tocar os pesquisadores, seu magnetismo tenebroso exerceria influência muito nefasta sobre cada um deles, aumentando-lhes substancialmente a angústia, a raiva e a indignação. Acima de tudo, era capaz de aumentar o vício mental e a determinação do cientista-chefe daquela empreitada.

Acercando-se do homem mais importante do laboratório, Noolan o impeliu a separar-se dos demais e instalar-se numa sala privativa, onde seria mais fácil submetê-lo à força do pensamento. Mirou as almas infernais do seu séquito e esboçou um riso, um esgar, também de natureza infernal. Em seguida, acompanhou os passos de sua presa, aproximando-se outra vez. Chegando ainda mais perto, abriu a boca e bafejou seu hálito fétido sobre a fronte do cientista. O homem estremeceu e, ao mesmo tempo, conseguiu perceber algo de nauseabundo no ar. Estampou no rosto uma espécie de careta e exibiu uma repulsa que dificilmente conseguiria dissimular. O ser sombrio assoprou mais uma vez, induzindo-o magneticamente ao sono.

O homem arregalou os olhos e sentiu uma espécie de choque elétrico, uma energia intensa a percorrer-lhe o corpo. Estremeceu levemente e teve a impressão de que seu cérebro inchava, dilatava-se. Sentiu balançar-se dentro do próprio corpo, o que lhe deu uma sensação enganosa de bem-estar, atenuando a inquietude que tomara conta de seu espírito. Mas o alívio durou apenas alguns instantes.

Viu algo sair de seu corpo. Percebia-se, mas não era capaz de entender o que sucedia consigo. Pensava, raciocinava, mas, ao mesmo tempo, parecia dormir, não obstante fosse um sono induzido, antinatural. No minuto seguinte, sentia-se acordado, desperto. De repente, notou algo diferente: uma presença, um ser. E o medo tomou conta de sua alma, como nunca sentira em tamanha magnitude. Ainda o acompanhava a sensação de flutuar, de balançar de um lado para outro. Até que sua mente captou palavras. Eram palavras inarticuladas.

— Olá, homem da ciência! Seja bem-vindo ao meu mundo, ao meu domínio.

Ele arrepiou-se por inteiro. A voz era fúnebre, cavernosa, de contornos demoníacos.

— Você receberá, a partir de agora, uma ajuda muito importante. Eu sei que planeja algo muito perigoso, até porque recebeu ordens do Partido e está sob vigilância constante. No entanto, os homens do governo ignoram o ardor com que deseja levar avante as pesquisas, a despeito das consequências devastadoras que possam acarretar. Você tem interesse pessoal, curiosidade científica e nenhuma amarra de natureza ética. É o parceiro perfeito para mim.

O cientista permaneceu em silêncio, pois, mesmo que quisesse, não conseguiria pronunciar uma única palavra. Estava apavorado, literalmente. E a voz advinda de um dos seres mais horripilantes do submundo continuou a repercutir em sua mente:

— Vamos ajudá-lo. Basta cooperar! Estamos nos abastecendo das energias dos integrantes do Partido. Todos eles são nossos mais estreitos colaboradores, assim como você o será, pois precisamos de seu concurso para terminar as experiências. Contudo, é necessário que queira participar ativamente do processo. Se não for assim, não conseguiremos lhe prestar auxílio.

Fixando o espírito recém-emancipado, Noolan irradiava seu pensamento diretamente sobre a forma espiritual que se destacara, enquanto o corpo permanecia acomodado numa cadeira de espaldar alto, ligeiramente inclinada. Ele tinha certeza de que aquele homem queria, a todo custo, desenvolver suas experiências e que vinha usando Jin Chang como o elemento mais preparado para realizar as pesquisas e coordenar aquela parte do laboratório.

Jin Chang tinha grandes hesitações quanto a levar avante os objetivos, mas sabia do perigo que as pessoas ali corriam, bem como das graves consequências humanitárias caso o experimento vingasse. De todo modo, era-lhe claro que não tinham condições — por ora, ao menos — de concluir a missão com êxito. Chegaram a um impasse o qual nem ele nem os demais detinham conhecimento suficiente para superar, sobretudo no tempo exigido pelo supervisor designado pelo Partido. Tratava-se de um agente oficial que costumava visitar as instalações com alguma frequência, muito embora, nos últimos tempos, estivesse preferindo se comunicar por teleconferência.

O cientista foi arrastado dali, em espírito, pela força descomunal, magnética da horripilante criatura. Enquanto isso, seus asseclas se apossavam do laboratório adjacente, na contraparte astral. Realizavam testes, programavam o desenrolar dos acontecimentos, ajustavam as minúcias do plano de acoplamento vibratório entre o vírus concebido nas câmaras do submundo e aquele modificado no laboratório dos homens. Separados apenas pelo delicado tecido que circunda as dimensões, os técnicos permaneceram horas e horas montando toda a parafernália trazida das cavernas da escuridão, acoplando cada item, cada ferramenta de trabalho aos equipamentos do mundo físico. Havia ali forças poderosas em jogo; um jogo de interesses compartilhados pelos chamados vivos e pelos que habitam a zona do crepúsculo, o universo sombrio.

Homens poderosos, dominadores, disfarçados com terno e gravata, participavam do maior partido político do mundo e tramavam nos bastidores, com planejamento que abarcava ao menos quarenta anos à frente. O mundo e os governantes teimavam em ignorar tal realidade, mesmo que os relatórios de inteligência dessem conta de sua atuação há tempos. Contudo, havia muita vantagem escusa e muita manipulação, além de milhões e bilhões de dólares a nortear posições econômicas e políticas. Tudo concorria para acobertar os interesses e as ações do Partido.

Com mais de 80 milhões de militantes, a força ideológica desse partido, fortalecida pela capacidade de produção nacional e pelo poderio do regime, jamais poderia ser ignorada pelos atores mundiais. E não era. Mas havia complacência quanto às ações daquele governo e aos seus tentáculos, que se estendiam por praticamente todas as nações sobre a Terra. A economia da maior parte dos países ocidentais dependia de intricados processos de negociação com aquele gigante, que arrebanhava a todos.

Em breve, as potências globais seriam abaladas. Estrelas cairiam do céu, à vista dos homens.[1] Logo mais, o mundo enfrentaria um plano diabólico que envolvia uma experiência social única.

Os homens de autoridade ignoravam que, nos bastidores da vida, havia inteligências doentias, senhores de redutos jamais sonhados, mas pressentidos em pesadelos; seres com objetivos ignóbeis, dotados de poderes macabros, que disputavam o

1. Cf. Mc 13:25; Ap 6:13; 13:13.

controle do globo e articulavam seus interesses desde as dimensões mais próximas da crosta. Eles se intitulavam os verdadeiros donos do mundo. Vários de seus agentes influenciavam de perto cientistas, entre os quais uns se mostravam mais suscetíveis à manipulação do que outros. O mecanismo consistia na íntima transmissão de pensamentos, de inspirações torpes, e na administração de elementos tóxicos e nocivos, além de conhecimento compartilhado durante o sono.

Entre muitos exemplos, ocorria a ingerência relativa às propriedades gerais de genomas, principalmente de certas espécies animais, com detalhes ainda ignorados pelos pesquisadores terrenos. Portanto, os especialistas de Noolan não agiam sozinhos. Havia seres de outra natureza envolvidos naquele processo, e somente o tempo esclareceria a seu respeito.

ENTREMENTES, NOOLAN AGIA juntamente com seu séquito de almas atrozes. Arrastava Yuan, o homem que desdobrara sob influência magnética, até regiões inóspitas do submundo. A paisagem tétrica refletia o quadro íntimo das criaturas provenientes daquelas paragens. Havia uma estranha plasticidade nos fluidos ambientes e na natureza intrínseca de toda aquela dimensão. Os pensamentos e as emoções reinantes exerciam efeito muito particular no entorno. Ao longe, cavernas escuras pareciam esculpir sombras nas montanhas que delineavam o fundo do cenário tenebroso. Mãos esqueléticas — quase humanas, alguém diria — emergiam do solo e se movimentavam, buscando agarrar os pés de quem ali permanecesse por algum tempo.

Yuan pisava seus pés sensíveis no solo medonho e via as muitas mãos tentando segurá-lo, enquanto gritava, tresloucado. A sensação de caminhar naquele chão era um paradoxo: um misto de gelo e calor sufocante, pois parecia congelar a alma e queimar até as entranhas, tudo ao mesmo tempo. Noolan talvez houvesse se acostumado àquela paisagem de contos fantásticos ou, quem sabe, aprendera a sufocar as próprias emoções a ponto de tornar suportável a situação.

Caminhavam rapidamente, a fim de evitar que seus pés lamacentos — que destoavam do traje, numa evidente tentativa frustrada de elegância — fossem pegos pelas mãos esqueléticas que partiam do solo pantanoso. Urros que remetiam a uma dor lancinante e gemidos abafados reverberavam ali e acolá, advindos de regiões ignotas, talvez familiares às desprezíveis criaturas que arrastaram o cientista até ali.

Um grupo de mais de trinta sentinelas, empunhando estranhas armas de ar medieval, além de uns poucos com armamento mais moderno, pintavam um quadro que remetia a histórias de ficção científica concebidas em meados do século xx. Era a mistura descabida e desordenada de tecnologias característica de um mundo em decadência, de uma dimensão em ebulição. Apesar disso, o estrago a ser causado pelo arsenal da milícia poderia ser grande caso habitantes da esfera extrafísica ou mesmo viventes projetados no universo sinistro constituíssem ameaça à horda do abismo.

Prosseguiram até atingir as montanhas, dentro das quais se alastravam cavernas, esconderijos e bases de entidades cuja filosofia repousava no desejo de controlar o mundo, nas duas dimensões da vida. O plano, mais escabroso impossível, incluía expandir o império das inteligências argutas que ali reinavam para os redutos da superfície, em uma escala mais abrangente do que o mero jugo mental e emocional. Talvez nem mesmo Noolan soubesse dos detalhes... Aliás, tampouco poderia saber, pois ele era apenas uma marionete nas mãos de gente mais graduada na hierarquia das trevas — e nem sequer suspeitava.

CAPÍTULO 3

AS CAVERNAS
DO TERROR

Noolan abriu os braços e estampou em si uma aparência diferente da que trazia até ali. De repente desenrolou-se, deslizando feito asas de morcego, uma capa de cor indefinível, já que de tonalidade dificilmente identificada, considerando-se o espectro percebido pelos olhos humanos.

Ele arrastou-se caverna adentro, ingressando, depois de longos passos, num átrio de decoração moderna, que contrastava com o aspecto lúgubre das paredes rochosas. Localizado nos entroncamentos vibratórios das dimensões, o lugar macabro irradiava tênue luminosidade em tons de cobre afogueado. Particularmente ali, notava-se um clima insólito, devido ao calor advindo do interior da Terra. O cientista, junto a Noolan, observava esse fato, não obstante, quando regressasse ao estado de vigília, não guardaria a memória daquelas ocorrências.

Noolan prosseguiu até chegar a determinado fosso, ao fundo do qual já o esperavam outras estranhas criaturas, inclusive com outros humanos em estado de projeção, magnetizados, como no caso do cientista. Arrastando Yuan e acompanhado de dois subordinados, o chefe da horda se jogou do andar superior da caverna, isto é, do saguão escondido naquela furna, rumo a profundezas ainda maiores. O cientista arregalou os pequenos olhos, mas não lhe saíam palavras da boca, pois se haviam congelado na garganta, devido ao medo paralisante. Noolan fez questão de mantê-lo com a mente alerta, gravando as sensações, embora Yuan as interpretasse conforme a cultura do seu povo e suas crenças pessoais.

Despencaram fosso adentro, ao longo do que equivaleria, em termos físicos, a algo em torno de 50m de profundidade. Apesar disso, a descida parecia não ter fim e, em todo aspecto, diferia de qualquer queda que pudesse ser registrada na dimensão física. Era um descenso vibracional, que repercutia na mente dos seres da penumbra assim como na de Yuan. Durante o percurso, avistaram diversas camadas de elementos geológicos próprios da subcrosta, até que seus pés se firmaram num solo nada semelhante ao do pavimento superior.

No novo ambiente, havia esquifes empilhados numa das laterais e alguns outros ao fundo. Percebiam-se, no interior deles, seres de aparências diferentes da humana. Noolan estava acostumado com a visão. Nada falou, nada explicou.

Podia-se ver também, através de material semelhante a vidro, que além, em local contíguo, existia uma espécie de necrotério, onde seres humanos jaziam sobre bancadas dispostas lado a lado. Feixes de fios partiam da nuca dos indivíduos ali deitados. Eram pessoas de portes diversos, com aspectos distintos entre si, denotando, claramente, proveniência de variados pontos ao redor do globo. Estavam vivos; eram viventes, encarnados, cujo corpo psicossomático se emancipara por meio do fenômeno da projeção da consciência, também chamado desdobramento astral.[1] De alguma maneira, haviam sido capturados pelos seres da escuridão — ou ali compareciam por vontade própria; tudo era possível.

Nesse ambiente lúgubre de sombras apavorantes, as paredes eram altíssimas, e havia diversas salas ao redor, sendo estas percebidas através de divisórias quase transparentes, ligeiramente foscas. Isso permitia que Yuan observasse tudo, alternando entre sonho, pesadelo e sensação de desmaio, pois trazia a alma gélida de pavor.

Paredes e teto exibiam figuras estranhas, mas eram parcialmente encobertas por dutos, tubos, equipamentos e conectores. Elementos que lembravam cabos de alta tensão serpenteavam, dando a impressão de estarem prestes a cair a qualquer momento.

---

1. Cf. "Emancipação da alma. Sonambulismo". In: KARDEC, Allan. *O livro dos espíritos*. Tradução de Evandro Noleto Bezerra. 2. ed. Rio de Janeiro: FEB, 2011. p. 306-311, itens 425-438.

O solo, as altas paredes, os móveis; tudo refletia a mesma tonalidade cobre, conquanto uma luz difusa e amarelada emanasse de algum lugar indefinido, o que conferia ainda mais extravagância ao ambiente. O cenário dantesco era completado por espíritos que se destacavam de tudo no entorno, verdadeiros fantasmas de estatura elevada. Talvez tudo aquilo, toda essa impressão fantasmagórica, não passasse de um efeito induzido por uma tecnologia surreal; quem sabe, o intuito fosse acentuar o temor de visitantes extrafísicos ou de supostos convidados. Quem sabe, ainda, tudo fizesse parte de um tenebroso jogo de poder, de funesta manipulação psíquica, obra de grandes mentecaptos.

O quadro soturno era, sem dúvida, apropriado ao que competia a Noolan, à luz dos objetivos traçados pelos dominadores daquela dimensão. Já para estes, os habitantes do reduto das trevas, a aparência atroz e a semiobscuridade eram naturais e lhes favoreciam o trabalho.

Levando Yuan consigo, Noolan subiu numa plataforma oval, que levitava a uma altura máxima de 40cm do solo astral. Rumaram a uma ala dentro do complexo, em cuja entrada havia inscrições em diferentes idiomas. Pareciam línguas antigas, mortas.

O chefe da horda atravessou o pórtico e adentrou o local, sendo recebido por um grupo ali já reunido, em meio ao qual se contavam espécimes humanos, projetados fora do corpo, porém, em ausência quase total de lucidez extrafísica. O lugar era um poço dentro de um poço; uma furna de pura maldade, viva, palpável, extremamente densa. A vibração era de nível barôntico, descomunal. Decerto, Yuan teria uma parada cardíaca caso estivesse ali em carne e osso — muito embora não deixasse de haver repercussões sobre a base física repousando ao longe, mesmo que atenuadas. O cordão de prata, elemento fluídico que liga o espírito desacoplado ao corpo, afinal, encarrega-se de transmitir sensações.

O novo ambiente era bem mais escuro do que o anterior, com frequência mais baixa ainda. Algo pairava no ar... uma entidade, que parecia abranger tudo com sua aura; uma presença quase onisciente naquele recanto. Mesmo para o chefe da horda, era impossível identificá-la em meio àquela escuridão quase total, àquela penumbra que irradiava emoções desequilibradas e pensamentos que vibravam numa frequência diferente das demais. De qualquer maneira, pressentia-se uma inteligência sinistra, desconhecida não somente por Noolan, mas por alguns dos que o recebiam ali, no âmago da opressora penumbra. A "coisa" parecia se arrastar, caminhar, flutuar, alastrar-se por tudo, impalpável.

Noolan arrepiou-se. Yuan desmaiou outra vez, tal como outros dos viventes ali, igualmente projetados mediante hábil influxo magnético. O cientista mergulhara num pesadelo dentro do pesadelo.

Grotescas criaturas faziam parte da corja ali reunida. Olhos acostumados à atmosfera viva e à penumbra semimaterializada, semelhante a uma fuligem mental que tudo impregnava, espiavam Noolan e Yuan, ainda desmaiado. Somente pouco a pouco o cientista recobrou os sentidos, embora não gozasse de lucidez suficiente para gravar os detalhes; aliás, nem sequer era capaz de se movimentar, sozinho, no terrível ambiente. Ao longe, no arcabouço fisiológico, seu sistema nervoso estava bastante abalado.

Por ali, só se sabia ao certo que havia bom número de indivíduos, talvez uma soma considerável, cujas silhuetas se delineavam em meio às trevas. Aos poucos, a visão espiritual de Noolan — se é que se poderia chamar de *espiritual* algo naquele contexto — habituou-se à natureza e à ambiência onde estavam imersos. A horda de seres exalava um fedor que parecia emanar das entranhas da Terra, remetendo a um misto de amoníaco e enxofre em ebulição, numa caldeira dos infernos.

Os fantasmas preenchiam o ar com seus murmúrios, ruídos inumanos que lembravam sons de extintas aves pré-históricas. Talvez essa impressão decorresse, apenas, das repercussões vibratórias de pensamentos desorganizados e maldosos, capazes de influenciar, diretamente, os fluidos da paisagem extrafísica, dotados de extrema plasticidade mesmo numa frequência inimaginável de tão baixa. Poder-se-ia pressentir o gorgolejante rumor proveniente das gargantas de lendários seres, cuja linguagem, supunha-se, guardava relação com escrituras antiquíssimas, de culturas arqueológicas. Há quantos milênios estariam sem reencarnar no solo do planeta? Possivelmente nem eles próprios soubessem mais.

Claro que toda a megalomania de Noolan, ali, era inútil. Segundo a hierarquia das sombras alojada naquelas catacumbas, ele era considerado com absoluto desdém. Pouco mais que um soldado raso ou, então, mero escravo da vontade férrea de um dos senhores do submundo. Nada além disso.

O chefe da milícia torpe tomou fôlego e se acercou de duas das aparições, cuja compleição remetia a gigantes antediluvianos. A dupla se destacara da massa de seres temíveis em virtude da intromissão de Noolan, que lhes chamara a atenção.

As criaturas eram verdadeiramente bestiais em sua forma. Os braços, cobertos de escamas. A fala, antes mesmo que Noolan lhe desse atenção, seria corretamente descrita como o sibilo de serpentes. As palavras, tão impregnadas de medonha agressividade e veneno, denotavam a especialidade e a índole dos locutores, assim como o poder que exerciam sobre os habitantes daquela morada de trevas.

O próprio Noolan sentiu-se pequenino diante da crueldade exalada pelas crias do submundo. Agiam sobre a plateia de viventes desdobrados, esmagando-a por intermédio do discurso, dos comandos hipnóticos e da nítida força mental que irradiavam. Quase sequestravam das pessoas sob seu jugo a capacidade de raciocinar, não fosse o fato de que a maioria dos presentes comparecia àquele covil de profunda escuridão por vontade própria.

Tão logo as entidades malévolas se achegaram ao máximo de Noolan, este, ainda engasgado, tomado de um receio inominável, ergueu o olhar em direção às imponentes autoridades do submundo e lhes perguntou:

— Como consigo falar com o senhor do abismo, o príncipe das legiões infernais?

— Se você treme ante a nossa presença, quem dirá perante Sua Alteza infernal?! — respondeu-lhe a bisonha criatura do mal, emitindo determinado som que Noolan conseguiu interpretar como palavras articuladas. Houve instantes de silêncio, enquanto os espíritos se entreolhavam, embora parecessem apenas vultos que se esgueiravam em meio à atmosfera psíquica de baixíssima frequência e à extrema materialidade daquele antro.

Enquanto isso, um espírito advindo das profundezas — uma sombra, um fantasma coleante, de pele escamosa e ressequida, malgrado a força bruta e a inteligência incomum — farejou a hesitação daquele que trazia Yuan a tiracolo. Aproximando-se de ambos, estendeu a mão e segurou firme a garganta de Noolan, para então o suspender alguns centímetros acima do solo. O súdito, aguerrido em outros flancos, sentiu-se aniquilado diante da tenacidade e da opressão imposta pela opulenta figura. Ousou fitá-la e observou que tinha aspecto e comportamento diferentes quando comparada às criaturas com quem pouco antes dialogara. Vestia-se com um traje elegante; todavia, não perdia sua ferocidade. Aliás, a impressão de cavalheiro não resistia ao primeiro exame. Logo se notavam os dedos, mais semelhantes a garras, e as unhas afiadíssimas. Nada combinava naquela estampa; parecia um misto de horror e fealdade convivendo com traços de elegância e *finesse*.

Noolan constatou, naquele exato instante, o volume de contradições e de paradoxos e o alto grau de desequilíbrio tanto no feitio e nas preferências quanto nos gestos extravagantes dos seres a quem se curvava. Percebeu tudo, mas não havia como recuar, ao menos não naquele momento crítico.

— Que pretendes, imundo e asqueroso ser? — perguntou-lhe o espírito, abdicando imediatamente do simulacro de elegância ostentado em suas feições. — Talvez não tenhas contemplado a extensão de nossos planos e experimentos — debochou, instigando furor em meio ao pânico que assolava Noolan.

— Eu, eu... — balbuciou, em face do ser que o levantara.

O lorde tenebroso o fixou, devassando-lhe o íntimo, e logo o reconduziu à posição de antes, soltando-o. A saudação teatral consistia em mera exibição de poder, algo corriqueiro entre chefes e subordinados de inúmeros grupos e falanges da escuridão. Assim que o brutamontes o largou, envergando o traje requintado, Noolan resvalou ao chão, dando aos seres mais próximos o pretexto ideal para explodirem numa gargalhada luciferina.

Tratava-se de um dos espíritos mais soberbos da temida cripta. Circundou Noolan, mediu-o de forma despudorada, enquanto tateava-lhe os pensamentos, decerto à procura de fraquezas, a fim de sujeitá-lo de modo ainda mais astuto a seus caprichos. Caronte, como gostava de se intitular, remetendo ao mitológico barqueiro do inferno,[2] talvez fosse, entre as inteligências ali alocadas, a que mais conhecimento tinha de leis mentais e, por isso, a que mais intensamente conseguia subjugar os viventes projetados na dimensão extrafísica, mediante hipnose, submissão das emoções e controle do pensamento.

De maneira análoga, a atitude esnobe dificilmente seria igualada por alguém naquelas furnas. À primeira vista, sua aparência não indicava nada tão assombroso, diferentemente do que se via em muitas das criaturas ali. Tanto ele quanto seus dois colaboradores mais próximos preferiam mostrar-se como homens de requinte, muito embora lhes demandasse grande esforço a manutenção dos próprios fluidos. A retórica e a influência mental de que lançava mão eram sempre humilhantes, e constrangia a qualquer um a quem dirigisse a atenção e a vontade firme. Os argumentos, sempre entremeados de vocabulário sagaz e tecidos com esmero, eram portadores de magnetismo devastador.

No mesmo ambiente, e fazendo parte do séquito de seres infernais, havia especialistas em toda sorte

---

2. Segundo a mitologia da antiga Grécia, Caronte é nome dado ao barqueiro de Hades, o deus dos mortos e imperador do submundo. Caronte é responsável por conduzir as almas dos que feneceram sobre as águas dos rios que estabelecem a fronteira entre o mundo dos vivos e dos mortos.

de problemas que pudessem ser usados para subjugar os homens. Eram exímios cientistas sociais, experimentados em implantar formas-pensamento e amplificar o desespero, o pânico e as emoções descontroladas, capazes de exacerbar quaisquer quesitos necessários para promover a reengenharia das sociedades humanas em larga escala, notadamente entre os mandatários sob sua tutela, no seio das nações e das finanças globais. Cada qual era um ás em sua área: oratória e política, economia e relações internacionais, comunicação e mídias, crenças das massas e incitação de emoções e ideias, contando até com uma equipe dedicada a sujeitar religiosos e espiritualistas.

Acima de todos, mesmo de Caronte, pairava o ser que era considerado um príncipe entre as falanges do Hades.[3] Recebera ele, diretamente da mais alta corte demoníaca, a investidura para liderar toda a ofensiva contra a humanidade, das ações dos es-

---

3. Optando pela fidelidade ao grego — é esse, afinal, o idioma em que o Novo Testamento foi escrito, segundo hoje é consenso entre os pesquisadores —, a Nova Versão Internacional grafa *Hades* em certas passagens nas quais João Ferreira de Almeida e a tradição mantêm a preferência por *inferno* (cf. Mt 11:23; 16:18; Lc 10:15; 16:23; Ap 1:18; 6:8; 20:13-14). Cf. BÍBLIA do discípulo. Nova Versão Internacional [NVI]. Madri: Safeliz; Tatuí-SP: CPB, 2018.

pecialistas às das demais potestades do submundo.

Caronte dirigiu-se a Noolan, que nem ao menos suspeitava da importância da reunião que se sucedia nas catacumbas. Ele fora parar ali meramente com o objetivo de dar ciência de seus feitos na superfície. Conhecia o caminho, mas a assembleia fora convocada sem que ele tivesse sido informado; nem sequer sabia que, em caráter excepcional, até o príncipe das legiões luciferinas ali se encontrava.

Caronte trazia a alma manchada com sangue, pelos homicídios que patrocinara ao longo dos milênios. Com severidade, reprimia as vozes que constantemente lhe assomavam à intimidade, eco dos gritos, das súplicas de vingança e das juras de maldição que suas vítimas proclamavam. Vivia um processo de obsessão em estágio tão avassalador que seria impossível aos humanos da Terra — até mesmo para especialistas do psiquismo humano ou espiritualistas da atualidade — aquilatar a extensão do desequilíbrio mental e emocional acarretado por tão grave psicose. Em igual medida, lhes seria difícil compreender a firmeza de tão obstinada vontade, capaz de banir as vozes, conquanto temporariamente, e controlar as emoções, a ponto de submeter os vitupérios que ressoavam na alma. Lograva manter quase tudo numa contenção permanente, relegada aos escaninhos da memória espiritual e às camadas mais profundas do inconsciente.

— Que fazes aqui, Noolan? A que vieste?

Durante a maior parte do tempo, Yuan permanecia adormecido, mesmo fora do corpo. Encontrava-se mergulhado em pesadelos.

— Venho trazer um dos cientistas responsáveis pelo desenvolvimento do vírus que será nossa arma contra a humanidade — respondeu o chefe da horda maligna a Caronte, que o constrangia sem nenhum obstáculo e nenhuma complacência.

— Atualiza-me sobre teus feitos, miserável das cavernas mais frias do submundo! — tornou Caronte, ao lado dos outros vultos fantasmagóricos, seus parceiros do tártaro.

Noolan gaguejou um pouco antes de dar início ao relato.

— Sou uma das autoridades que dominam no submundo, senhor — principiou com uma correção tímida, tentando livrar-se da pecha de miserável, mas receoso quanto a reprimendas por parte do lorde sepulcral. — Acompanho, há muitos anos, as pesquisas de alguns países a respeito de surtos de enfermidades que possam instaurar pânico em nível internacional. Na verdade, sobrevieram à mente informações e ordens que julguei adormecidas durante um tempo imensurável. Desde então, dediquei-me à execução do projeto inscrito na memória.

Noolan fez breve pausa, observando a entidade. Logo após, continuou:

— Em minhas investigações, deparei com estudos muito específicos relativos a mutações naturais de certos vírus, não necessariamente cultivados em laboratórios humanos.

— E o que isso tem a ver com nossas ambições? — perguntou Caronte, no intuito de confundir Noolan, para que este pensasse que ele não sabia das ocorrências averiguadas por sua equipe.

Apontando para Yuan, deitado no solo do lugar e prestes a entrar em estado de choque, respondeu:

— Eis o cientista mais habilitado e um dos maiores responsáveis pela manipulação do vírus ao qual me refiro.

Caronte já havia sondado a mente de Yuan e descoberto suas credenciais. Dadas suas feições, deduzira sua nacionalidade. Então obtemperou:

— Existem ao menos cinco laboratórios consagrados a estudos de vírus de alta periculosidade e de grande poder de transmissão; vários deles, capazes de instaurar uma situação caótica na superfície. Em que acreditas que este humano seja melhor do que os de outras partes deste miserável planeta? Por que concluís que ele atenderá a nossos desígnios? — Caronte sabia que Noolan não havia sido convidado para a reunião que se passava ali, nas entranhas da dimensão sombria.

— Este cientista já desenvolve pesquisas sobre o assunto há vários anos e hoje está à frente de uma equipe afinada com seu propósito. Na verdade, ele tem extrema curiosidade em experimentos dessa natureza — disse e silenciou em seguida, aguardando manifestação elogiosa por parte de Caronte. Porém, a ignóbil criatura o surpreendeu e não fez menção nesse sentido.

— Perdes teu tempo, senhor *autoridade do submundo* — redarguiu, zombando de Noolan. — Tens toda sorte de ajuda e um grupo de especialistas que ajuntaste para atingir determinada finalidade. Contudo, teu trabalho é falho. Já detenho informações suficientes a respeito dos vírus e dos que atuam nos laboratórios na crosta.

Noolan ficou perplexo, sem entender nada da situação.

— Não precisamos manipular o vírus a que te referes — prosseguiu Caronte, com voz de desprezo. — Ele é uma partícula mutante e, assim, por si só já oferece enorme perigo para os humanos. Ademais, nossa arma nunca foi propriamente o vírus; nossa arma é bem mais sofisticada. Acredito que não conheces, *lacaio do submundo*, os pormenores de nossos planos e pretensões.

Noolan quase não conseguia movimentar-se devido ao baque sofrido. Era uma humilhação sem limites.

— Vai, miserável da escuridão! Vai e me surpreende com tuas artimanhas. Faz o melhor de ti, mas sabe que, mesmo dando o melhor, ainda assim estarás longe de abarcar os detalhes do grande projeto. As ordens das quais te recordas e tua ação estão ligadas, de modo restrito, aos interesses do Partido. Também se aplicam às questões materiais em si, que são importantes, aliás, para boa parte do plano dos cem anos. Contudo, nem tu nem a maioria aqui conhecem o que traçamos numa escala mais abrangente. Dessa maneira, executa a tua parte, pois sabes bem que os soberanos do mundo jamais confiam toda a sua estratégia a um único ser, tampouco a um só grupo. O maioral sempre divide o programa em etapas; portanto, infeliz, contenta-te com o que cabe à tua insignificância. Quanto ao restante, deixa para nós, que pertencemos à corte de Sua Alteza.

Caronte virou-se repentinamente e fez menção de sair, deixando Noolan e Yuan para trás, quando foi surpreendido pela palavra do espírito que fora humilhado.

— Vou mostrar a esta assembleia que posso fazer o máximo. Sob meu comando, a Terra será sacudida, destroçada, e haverei de retornar com o troféu da vitória nas mãos! O troféu dos meus feitos, das minhas conquistas...

Antes que Noolan prosseguisse, Caronte virou-se num rompante, e as irradiações magnéticas de sua aura arremessaram o pretensioso súdito a significativa distância, como se houvesse recebido um soco descomunal, invisível. Ele voou longe, caindo ao solo da sala contígua, quase desmaiado. O lorde feroz suspirou e, em seguida, ordenou aos que lhe serviam:

— Deixem o vivente aqui. Aproveitemos a presença dele e vamos impregná-lo de nossos pensamentos e nossas intenções.

Caronte estava certo de que, ao agir daquele modo, havia impelido Noolan a dar o melhor de si, a fim de trazer soluções mais eficazes, resultados mais palpáveis, que pudessem ajudar na consecução dos objetivos. Todo o teatro fora uma tática maquiavélica encenada para instigar o chefe da milícia, aguçando-lhe as vaidades para que desempenhasse suas funções com o máximo zelo. Como este já tinha iniciativas em andamento, capazes de causar enorme prejuízo à humanidade, o barqueiro dos infernos pretendia usá-las da melhor — ou, nesse caso, da pior — maneira possível.

Apesar de todas essas considerações de caráter pragmático, Caronte julgava não precisar do trabalho de Noolan. Decididamente, prescindia de qualquer intervenção daquele teor para alcançar o que pretendia. Esquecera, no entanto, que o plano dos cem anos não fora concebido por ele, mas pelos maiores facínoras de que a humanidade já teve notícia: os *daimons*.

Entrementes, Yuan foi arrastado por dois seres da escuridão. Noolan se levantara e dirigira-se, abatido, para o lado de fora das cavernas. Em seguida, decidiu regressar ao complexo de laboratórios onde sua equipe permanecia instalada trabalhando.

"Bem que poderíamos nos valer desse feito do miserável Noolan para desencadear a primeira parte do grande plano, isto é, para provocar a crise de que precisamos", pensou consigo uma das potestades demoníacas.

Caronte mal se voltou para a penumbra mais densa, onde se reuniam seres do abismo e viventes desdobrados, e ouviu a reação inarticulada do príncipe do abismo:

— Ele servirá aos nossos objetivos — uma voz ecoava na mente dos mais expressivos dignatários da maldade. — O lacaio guerreiro tem tomado providências que favorecem a execução da parte que nos compete no grande conflito. Aliás, ele recebeu uma incumbência, malgrado não conheça, nem possa conhecer ainda, toda a extensão do plano delineado para os habitantes da superfície — gorgolejou o ser. — Devemos lançar mão dos resultados que ele obtiver, no contexto da experiência social que realizaremos com os viventes, visando à precipitação de certos elementos, os quais desencadearão a nova fase do projeto em que estamos engajados — sentenciou Lucius. Assim se chamava a autoridade responsável, naquele momento, por ofensivas sagazes e monstruosas contra a civilização. Era ele o artífice de um dos mais ardilosos estratagemas concebidos nas regiões ínferas da dimensão extrafísica.

Finalmente alguém fora capaz de suscitar a manifestação de Lucius. O autodenominado príncipe dos demônios, dos espíritos infernais, comparecera à cripta em virtude dos preparativos para a importante conferência que promoveriam com os políticos do planeta. Mandatários da maioria das nações participariam e muitos outros homens, figuras-chave em face da população — todos desdobrados. Pessoalmente, Lucius se asseguraria de que as estratégias estipuladas visando à manipulação global fossem devidamente entendidas e cumpridas.

Todavia, o vírus não era a meta. Por mais destrutivo que fosse, era mero instrumento, que seria empregado colimando a finalidade suprema. Queriam muitíssimo mais as diabólicas criaturas!... De golpe em golpe, açoitariam a humanidade, até que os homens do mundo se submetessem plenamente — e cegamente — ao poder hediondo.

CAPÍTULO 4

PRINCIPADOS

om certeza ele era dos principais potentados da funesta organização que atuava em nível global. A compostura, a frieza e a aparente cortesia nos modos indicavam que pertencia a uma estirpe distinta em relação à dos demais.

Com estatura bem maior do que a da média dos humanos, exibia uma altivez que incutia reverência em todos quantos se congregavam sob a bandeira dos dragões. Um manto escuro, de uma negritude quase palpável, profunda como um buraco negro, descia-lhe em esplendor fascinante. Tamanha era a leveza do tecido que se supunha a dificuldade de algum dos senhores da escuridão em reproduzi-lo. Braços levemente flexionados, ombros largos e uma postura que impunha respeito. Mais do que qualquer outra coisa, o olhar irradiava um magnetismo tão intenso que era impossível à vasta maioria dos seres do averno não se curvar ante sua força mental e ante seus argumentos. Por óbvio, muitos espíritos ali presentes — e outros, além, em antros sombrios dispersos na geografia astral — invejavam sua posição. Mas poucos, muito poucos tiveram a infeliz ideia de enfrentá-lo.

Tinha clareza acerca de sua autoridade, do alcance e da envergadura de suas habilidades. Como exímio magnetizador, lídimo representante dos principados e das "hostes espirituais da maldade"[1] — posição que ocupava na hierarquia das sombras mais densas, nas ínferas regiões de ignotas paisagens —, sabia bem que muitos cobiçavam seu lugar e seu poder, dos chefes de legião aos magos negros, às criaturas mais temíveis. Em compensação, sabia, também, que todos alimentavam, em relação a ele, um medo inenarrável. Nesse aspecto, seu séquito pessoal se incumbia de propagandear sua maestria, seus feitos notáveis e suas conquistas em meio às nações da Terra, bem como entre os proeminentes integrantes das organizações mais subversivas e expressivas do umbral, da subcrosta e do abismo mais profundo.

— Principado — conversava um dos guardiões que atuava como espião, dirigindo-se a um aliado que igualmente agia disfarçado naquela dimensão — é uma designação reservada a seres espirituais de grande conhecimento, mas de extrema maldade e crueldade. Habilidosos entusiastas da política das sombras, esses seres têm por objetivo manipular e, em última análise, dominar o mundo dos homens.

— Então devem ser uma espécie de obsessores ligados diretamente aos poderosos do mundo — falou o colega.

---

1. Ef 6:12 (ACF).

— Mais do que isso, na verdade. Na ordem que representam, a posição de obsessor é considerada um posto inferior. Para maior compreensão, essa esfera de poder é associada a uma forma de governo oculto que leva em conta a divisão política vigente na Terra, embora tome as fronteiras no seu contexto histórico, e não necessariamente atual. No mundo inferior, os príncipes das trevas são responsáveis por vasto território espiritual, correspondente a territórios da realidade física. Portanto, podemos entender que cada continente ou grupo de países — e cada país, no caso daqueles de maior relevância geopolítica, tais como Rússia, China, Estados Unidos e outros — há de ter, dentro da hierarquia das sombras, o seu principado, a quem compete influenciar quaisquer políticas que se desenvolvam naquela jurisdição. Imediatamente subordinadas aos que detêm esse título nobiliárquico, o mais alto da corte luciferina, encontram-se as potestades ou, simplesmente, as autoridades por eles constituídas.

— Ou seja, trata-se de um sistema de poder bem-estruturado na dimensão do Hades, a qual luta para cingir todos os governos do mundo, impondo sua vontade — concluiu o outro atalaia.

— Isso mesmo, meu amigo! Os principados escolhem a dedo os mais cruéis, mas, também, os mais sagazes e astutos para compor sua corte abominável, seres que deram provas reiteradas de sua impiedade ao longo da história. É um desfile de barbaridades, um verdadeiro campeonato de horrores entre os artífices de crimes hediondos, todos com plena consciência do que fizeram. Além disso, é exigida capacidade intelectual para desenvolver estratagemas, a fim de cumprir os ditames dos príncipes, tanto quanto aptidão para comandar e trabalhar em conjunto. Como disse, a seleção das autoridades ou potestades é feita pessoalmente pelos principados.

— Então, podemos entender que, se os príncipes reinam sobre extensas paisagens do mundo extrafísico — as quais correspondem a continentes inteiros, a grupos de países ou a nações de importância estratégica —, as potestades também devem gozar de uma posição de prestígio, sendo investidas de um poder mais abrangente que o de outras hostes das sombras. Correto?

— Exatamente. Na verdade, do ponto de vista da organização diabólica, as potestades, potentados do mundo tenebroso, estão vinculadas à administração de países, de maneira particular. Não existe sistema de poder político que passe ao largo de suas observações e de sua interferência. Lançam mão de sua capacidade incrível de tramar estratégias, calcada no conhecimento acumulado ao longo de séculos, e de todo tipo de artimanha com a finalidade de impedir que o progresso se consolide e que haja conquistas duradouras, em matéria tanto de direito e justiça quanto daquilo que poderíamos denominar de progresso moral.

"Por outro lado, os principados se ocupam da esfera mais ampla, tendo como fulcros a política internacional, os fóruns multilaterais, a questão geopolítica e as negociações diplomáticas. Mediante a troca de informações e de vilezas, empreendem iniciativas sofisticadas e engendram organizações complexas, as quais presidem desde os antros onde estabeleceram a sede de seu poder. Tudo colima atingir a civilização terrena, que deploram, bem como os governos, os homens de autoridade, as instituições de alcance mundial e todo tipo de pessoa ou representação que possa vir a auxiliar o desenvolvimento da humanidade. Tal como toda a pirâmide de poder estatuída pelos dragões, já há alguns milênios os principados concorrem para solapar o progresso e impedir que a humanidade avance em qualquer aspecto."

O guardião Áurian ouvia com atenção o colega mais experiente, Guggi. Camuflados, ambos acompanhavam a importante conferência, que reunia inteligências sombrias e dirigentes mundiais trazidos, em desdobramento, até aquelas regiões recônditas do abismo.

— Geralmente, um principado — continuou o agente duplo dos guardiões — procura se cercar, também, de especialistas de diversas áreas, igualmente recrutados entre a nata da sordidez, da inteligência e da crueza. Devem ser despidos de quaisquer amarras éticas ou pudores e servir com devotamento à causa dos poderes constituídos do averno há séculos. Assentado na completa subversão da moral cósmica, o critério mediante o qual elegem seus asseclas repousa na mais rigorosa observância dos métodos empregados para alcançar os objetivos: a violência como princípio básico, a força e a hipocrisia, bem como a habilidade em elaborar táticas de guerra. Além disso, não podem apresentar a mínima hesitação em instaurar a escravidão, em âmbito seja sociocultural, seja econômico. Esse leque de competências, é claro, só se encontra em quem nutre aversão e ódio à humanidade terrena.

— Então entendo agora — tornou Áurian — as circunstâncias que explicam como esses dominadores são tão frios e ambiciosos em seus planos. Chegam a ser sádicos... — e silenciou após a observação.

Guggi continuou sua exposição, embora conversasse mentalmente com seu amigo, para evitar que fossem descobertos. Ademais, revestiam-se de potentes campos de invisibilidade e, ainda, de aparato visando à deflexão da luz astral, reluzente, a seu modo, mesmo na natureza inferior. Inibiam, assim, as chances de serem percebidos, ouvidos ou detectados pelos instrumentos da tecnologia extrafísica sombria.

— Observe este ser ungido como o mais dileto representante das forças malignas aqui presentes, o príncipe das trevas, conforme ele se autodenomina — falou Guggi. — Devido à sua posição, ao seu poderio e à sua força descomunal, bem como ao vasto domínio, que divide com outros principados, potestades, tronos e poderes, jamais confia verdadeiramente em ninguém, em nenhuma alma, das mais infelizes, abjetas ou atormentadas às mais ardilosas, sádicas ou adoecidas pela sede de mando. Em toda a extensão do império do abismo, considerando as hierarquias existentes dentro das fronteiras herdadas dos soberanos dragões, até a mais inferior das esferas concebíveis por qualquer mente humana, não existe um só espírito em quem ele possa confiar. Imagine, então, a tormenta eterna, a desconfiança permanente em que este ser vive!

O guardião fez uma pausa para o interlocutor digerir todas aquelas informações, avaliando o seu semblante, pois sabia ser difícil compreender muitos aspectos de um contexto tão abrangente. Guggi trabalhava há mais de cinquenta anos nas regiões do submundo, como agente dos guardiões superiores, e transitava, imperceptível, em vários círculos de acesso restrito naquele reino sub-humano. Prosseguiu:

— Quando se fala em poder obscuro, em vilania sem igual, deparamos com um problema. Aliás, problema que é, a um só tempo, dos maiores trunfos e dos pilares inamovíveis da pujança satânica dos principados. Explico: ao refletirem sobre a maldade, os terráqueos geralmente só examinam atos comuns da vida material, muitos dos quais perdem relevância e até soam frívolos se porventura a análise abarcar o grande xadrez cósmico. As contravenções morais debatidas se restringem, por vezes, ao partidarismo das relações de cunho pessoal ou político e agridem apenas os conceitos passageiros, comezinhos. Mesmo ao contemplarem atos vilipendiosos e hediondos realizados pelos filhos dos homens ao longo do tempo — claro, pelos mais desumanos nascidos na crosta —, demonstram dificuldade em lhes apreciar as verdadeiras implicações. Quem dirá inferir, a partir deles, a existência de estruturas de poder como essas que verificamos nesta dimensão sombria, as quais nem sequer concebem, com arquitetura tão intricada quanto ramificada e entranhada na história.[2]

— Com efeito, parece que cada agrupamento

2. Da resistência ou limitação humana em contemplar o mal já há muitas pistas na sapiência da Bíblia hebraica, que os cristãos conhecem como Antigo Testamento, cuja origem remonta a 3 mil anos. O exemplo mais eloquente talvez esteja na única ocorrência do termo *Lúcifer* (isto é, *portador de luz*),* registrada dessa forma apenas por João Ferreira de Almeida. Nas demais versões, lê-se *estrela da manhã* ou alguma variação. Tanto num caso como noutro, associa-se o objeto mais brilhante que conhecemos — uma estrela — à maldade, contrariando as metáforas habituais, ligadas a trevas e escuridão. Será que o profeta maior quis assinalar que a malvadez ofusca a visão a tal ponto de nem sequer lhe dirigirmos o olhar? — quanto mais nos dispomos a perscrutá-la, como indica o diálogo entre os guardiões...

No trecho a seguir, já citado, é inevitável o paralelo com o dragão (cf. Ap 12:9) e com a serpente, que alardeia a tentação de ser como Deus desde o Éden (cf. Gn 3:5): "Como caíste desde o céu, ó Lúcifer, filho da alva! Como foste cortado por terra, tu que debilitavas as nações! E tu dizias no teu coração: 'Eu subirei ao céu, acima das estrelas de Deus exaltarei o *meu* trono [...]. Subirei sobre as alturas das nuvens, e serei *semelhante ao Altíssimo*'. E, contudo, levado serás ao inferno, *ao mais profundo do abismo*" — Is 14:12-15 (ACF, grifos nossos).

*LÚCIFER. In: GRANDE DICIONÁRIO Houaiss da Língua Portuguesa [on-line]. Rio de Janeiro: Instituto Antônio Houaiss. Disponível em: www.houaiss. net. Acesso em: 2 out. 2023.

de pessoas, levando-se em conta a diversidade das culturas terrenas, entende a maldade quase que somente no sentido personalista, isto é: como tudo aquilo que ameaça seu sistema de vida, suas aquisições pessoais e suas preferências religiosas, políticas, econômicas e partidárias, de modo geral. Não importa de que lado esteja; se acaso oferece risco ao seu *modus vivendi*, então o fato é interpretado como maldade, como o próprio mal.

Guggi respirou fundo, dando uma parcela de razão ao amigo guardião, embora não aprofundasse a respeito do tema e se ativesse a observar e a registrar tudo o que ocorria no ambiente. Num gesto demasiado humano, apontou para o príncipe das regiões ínferas, que se cercava de fiéis conselheiros e especialistas, e arrematou:

— Nada, nenhuma malignidade humana praticada sobre a crosta se compara às excentricidades malvadas, à perversidade e à fealdade mais expressiva que abunda nas almas mais complexas e mais endividadas perante a lei universal, como é o caso destes seres que coordenam os impérios de poder nas regiões infernais. Nada se aproxima da crueldade mais abjeta — que ameaça se materializar, como uma entidade real e quase palpável — tal como se concebe, existe e prospera numa mente distanciada das mais elementares noções de ética cósmica, em qualquer das dimensões onde se manifeste o espírito humano. Nada!

Silenciaram os atalaias dos guardiões que ali espionavam. Enquanto isso, os acontecimentos se desenrolaram.

AQUELE NÃO ERA UM ESPÍRITO QUALQUER, mas alguém que exercia autoridade sobre um grupo de seres das profundezas. Ocupava, a insolente criatura, a posição de arquiduque das hordas de um dos principados. Aproximou-se do alto emissário das sombras. Hagal, como se chamava, punha em risco a própria liberdade, sem contar o cargo que exercia perante as hostes do mundo inferior, como um dos chefes de falange. Extremamente nervoso, trêmulo, ainda que com coragem suficiente para ignorar as mais básicas noções a respeito da hierarquia de principados e poderes, resolveu interpelar, para sua desgraça, a alteza satânica. Este ser medonho era um dos mais criminosos propugnadores do domínio e da força bruta, um dignatário submisso apenas à autoridade imperial dos soberanos, os *daimons* — os quais se mantinham silenciosos há tempos, em boa medida porque sabiam que seus ditames vinham sendo executados pelos arautos das trevas deste século. O príncipe do averno era mestre em táticas de manipulação e detentor de potência mental em tal magnitude que submetia todos diante de si.

— Príncipe hediondo, senhor absoluto das paragens sombrias — interpelou Hagal, com voz trêmula, enquanto o poderoso mandante das trevas se virava, demonstrando franco assombro diante da estupidez do subordinado, que infringia as regras basilares da organização hierárquica daquele sistema de poder, desconhecido dos homens da superfície. A abrupta interrupção, na verdade, uma intromissão audaciosa e irrefletida, fez com que o príncipe das hordas do abismo voltasse seu olhar fulminante para a criatura que se atrevia a importuná-lo.

— Magnífico, não quero ser impertinente com Vossa Alteza infernal, mas preciso lhe dizer algumas palavras antes que exponha seus planos aos representantes das nações trazidos até aqui.

Os olhos do principado fixaram profundamente os de Hagal, trespassando-os, aniquilando-o quase. Sem esperar que o mais alto comando ali presente lhe respondesse, a insólita cria dos abismos ousou acrescentar:

— É de muita urgência, Vossa Alteza real. Temo que estejamos cometendo um erro que poderá custar muito para nossas organizações.

— E se atreve a dirigir-se a mim sem que eu o tenha dado permissão?

— Mas, venerável Alteza, é algo de teor estratégico, que não convém menosprezar. Acredito que não temos dado o devido valor ao perigo que nos ronda...

O príncipe das profundezas, sem perder a compostura, mostrou, assim mesmo, o descontentamento no seu entorno. Irradiava energias em forma de uma aura plúmbea, soturna, que não podia ser ignorada por ninguém. Parecia que uma tempestade de graves proporções estava prestes a se abater sobre a criatura que excedera o decoro ante os convidados do mais alto nome dos principados. Não obstante, a entidade continuou no aparente domínio de suas emoções, embora os presentes pudessem adivinhar a dimensão de sua ira disfarçada de polidez sombria. Ele apenas fitou Hagal, numa maneira clara e inequívoca de demonstrar sua superioridade, e deixou o miserável espírito das regiões inferiores terminar sua fala. Hagal tremia ainda mais, pois, nesse momento, constatou o quanto se aventurara, o quanto ultrapassara as convenções.

— Temos errado muito, Alteza. Creio que é preciso lembrar que não estamos sós no mundo, em nenhuma dimensão. Afinal, agimos sob o olhar dos malditos guardiões, aqueles cuja força não é prudente ignorar.

Todos fitaram o imponente príncipe, bem

como o comandante de hostes malignas. O silêncio foi de uma eloquência constrangedora. Hagal falara e baixara a cabeça, em atitude reverente, esperando uma reação do lorde das trevas. Lucius-Baal — assim se autodenominava o insigne representante dos principados e das legiões do abismo, investido diretamente pela majestade satânica dos dragões —, depois de algum tempo, disse, numa voz impregnada de formidável magnetismo:

— Acaso se arvora em insinuar que eu, o excelso Lucius-Baal, que prevaleço sobre os reis da Terra, temeria os guardiões que porventura se intrometam em domínios alheios? Ousa questionar o meu poderio? — sua voz arrastada sugeria, de modo paradoxal, estranha serenidade aliada a um tom grave. Produzia devastadora hipnose em quem a ouvia; o efeito moral impelia ao estado de profunda depressão, de tristeza inenarrável.

Ao mesmo tempo, aquele a quem era dirigida a indignação atroz da entidade mergulhava num precipício de medo e de remorso sem igual. Por si só, esse fato já predispunha o alvo mental de Lucius a um processo quase irreversível de metamorfose externa. De maneira exitosa, era induzido à degeneração do corpo astral devido à enxurrada de acusações que seu próprio pensamento formulava contra si e às emoções culposas, que emergiam da alma atormentada sobre a qual a palavra do príncipe da escuridão retumbava. O arquiduque das regiões ínferas tremia mediante a reverberação da voz de seu imperador.

Hagal iniciara ali seu processo de degradação perispiritual, quase irreversível... Encolheu-se, aguardando ser arremessado longe pelo potente punho de Lucius-Baal, mas, curiosamente, foi deixado de lado. Por certo, uma estratégia para impressionar a plateia de dirigentes mundiais desdobrados magneticamente e para ali conduzidos. O arquiduque das profundezas, o ser que comandava uma das hordas a serviço da escuridão, não recebeu o bofetão que esperava, mas sentia que já não seria mais o mesmo. Algo se modificava nas células sensíveis de seu corpo semimaterial. Um poder emanado do seu senhor, algo infernal, abalara sua fisiologia espiritual. Ele sabia que estava em perigo.

Lucius jamais perdoaria o atrevimento do servo em mencionar abertamente os guardiões, sobretudo naquela ocasião. Hagal, por sua vez, compreendia que mexera profundamente com os brios do mandatário da subcrosta. Este nunca esqueceria as figuras dos exércitos de Miguel, que naquele momento lhe assomaram à memória espiritual. Lembraria batalhas antigas, principalmente a guerra dos tronos contra os poderes, isto é, o grande confronto entre magos negros, em passado remoto, e poderes da escuridão, que culminara na interferência dos formidáveis guardiões.

Lucius continuou o seu percurso em direção ao salão principal, encravado naquele conjunto de cavernas, estrategicamente escondido em meio às entranhas da Terra. Alguns passos atrás dele, seu séquito o seguia e comentava:

— Nosso príncipe escolheu este lugar deliberadamente. Sabe ele que o intenso magnetismo irradiado do manto terrestre, aliado ao material radioativo desta região inferior, evita que agentes dos guardiões possam aqui se infiltrar, por meio do desdobramento, sob risco de contaminarem seus corpos espirituais. Por conseguinte, poderiam surgir, até mesmo, tumores cancerosos no organismo físico. Afinal, as personalidades convidadas só estão imunes devido às doses gradativas de radiação às quais as expusemos, até que ganhassem resistência.

— Não fale sobre isso, miserável! — advertiu um dos seres que acompanhava a corte. — Sua Alteza nem sequer permite que conversemos em sua presença sem que nos dirija a palavra. Por acaso desconhece as consequências de infringir as regras?

O salão já estava repleto de representantes de diversos países, todos ocupantes de posições de destaque no mundo dos homens. Transferiram-se de lugar para ali enquanto chegavam mais e mais convidados, das duas dimensões da vida.

Lucius-Baal voltou-se para o seu séquito e comentou o comparecimento de líderes mundiais desdobrados ali, no interior das cavernas sombrias:

— Muitos aqui não sabem nem mesmo que estão projetados fora do corpo. Tampouco saberão, pois ignoram o mecanismo. E isso é bom para nossos projetos — falou enquanto apontava para um local onde se assentavam personalidades conhecidas no plano físico, governantes das principais nações, entre outras autoridades de expressão internacional. — O importante é que estão aqui, conscientes de seu papel e de que são nossos aliados no mundo. Se porventura gozassem de plena lucidez nesse estado de emancipação da alma, estariam mentalmente perdidos; estabeleceriam alvos divergentes, discordantes,[3] em vez de fixarem a atenção em nossas estratégias e nossos objetivos.

Logo em sequência ao comentário, a figura máxima da constelação tenebrosa se dirigiu à pla-

---

3. Cf. "A homogeneidade do pensamento e os campos de força". In: PINHEIRO, Robson. Pelo espírito Joseph Gleber. *Consciência*: em mediunidade, você precisa saber o que está fazendo. 2. ed. Belo Horizonte: Casa dos Espíritos, 2010. p. 184-197, itens 64-73.

teia de seres das mais diversas culturas. Mirava o público extravasando magnetismo caudaloso, acachapante. Durante esse tempo, deu ordens telepáticas para que os cientistas e os técnicos ativassem os equipamentos que deveriam amplificar seu já imenso efeito mental sobre as marionetes que ali compareciam por via do desdobramento. Lucius-Baal, então, assumiu lugar de destaque na tribuna, acima de um palco construído em matéria densa daquela dimensão. Começou o discurso, deixando para trás seu séquito mais próximo:

— Quero assegurar a todos que nossos planos estão a pleno vapor. Há mais de setenta anos que caminhamos para nosso lance final na história da Terra. E digo setenta anos apenas para me ater aos tempos recentes, pois nosso experimento com a humanidade deste orbe data de muitos séculos. Restringindo-me à era atual, desde a metade do século xx, aproximadamente, patrocinamos projetos e mais projetos visando à reengenharia em âmbito político, social e religioso, abrangendo diversas latitudes, em países previamente selecionados. Agora, avançaremos para o globo inteiro.

"O experimento que ora está em curso entre os humanos da crosta produzirá, em futuro próximo, um regime de governo inabalável, uma forma de controle da sociedade da qual ninguém, absolutamente ninguém poderá se livrar ou se esquivar. O resultado programado e esperado por nossos especialistas justifica a tática empregada por nós."

Habilidosamente, ele aguardava o impacto de suas palavras, avaliando a reação das lideranças mundiais. Como exímio comunicador, somente depois de recolher as impressões sutis suscitadas pela introdução é que prosseguiu com o discurso, estudando cada vocábulo, pois revestia a oratória de forte carisma.

— Quero que concentrem a atenção em nossos objetivos em termos mundiais, pois o experimento entrará na fase mais delicada e está prestes a ingressar na etapa final. Vossas Excelências são nossos embaixadores e intérpretes na superfície — falou Lucius-Baal, pausadamente, à convenção de expoentes dos setores político, social, econômico e militar, bajulando-os. — Portanto, prestem atenção às nossas estratégias; tenham em mente o lado útil e necessário de nossas diretrizes, a fim de atingirmos o poder absoluto num futuro próximo.

"Meus assessores mais diletos explicarão as minúcias do que lhes competirá logo após a minha fala. O planejamento consiste, sobretudo, na reprogramação dos cérebros de quem vive na crosta e no controle em massa, que pretendemos estabelecer a partir de agora. Para tanto, não podemos ignorar nem um só passo do que foi traçado.

"Jamais devem olvidar que os problemas que sobrevierem à superfície — incentivados, fomentados e até usados por nós, a partir de situações preexistentes — visam a um panorama de proporções muito maiores, que nem mesmo os mais esclarecidos e espiritualizados são capazes de supor que esteja em andamento. Por isso, reitero: é fundamental cumprir todos os pormenores. Cada lance é crucial para que alcancemos o poder absoluto a qualquer preço. Se porventura se afastarem da progressão de etapas, conforme foi desenhado por nossos cientistas e psicólogos mais hábeis, poderão pôr em risco o trabalho de séculos."

Lucius observava a reação de diversos mandatários, mas principalmente daqueles provenientes dos países que ocupavam posições de destaque dentro do esquema sombrio, visando à nova investida mundial. Dirigentes de organizações internacionais e humanitárias também se contavam entre os indivíduos desdobrados pelo concurso de hábeis hipnos e técnicos outros, sob comando da corte tenebrosa. Os principados e as potestades, sistemas de poder obscuros e ocultos ao mundo físico, trabalham com a certeza de que são ignorados por quase todos os humanos viventes do planeta Terra.

Estrategicamente dispostos em meio aos participantes do encontro, estavam especialistas escolhidos a dedo por Lucius-Baal, além de todo o aparato tecnológico ali estruturado. Eram ferramentas para exacerbar a força mental e hipnótica que influenciava os aliados humanos — cujo traço comum era serem, eles próprios, sedentos de exercer alguma parcela de mando sobre a população.

Exibindo sorriso discreto, dificilmente perceptível pela plateia, Lucius-Baal continuou, antes de ceder a palavra aos prepostos e legionários do submundo:

— Considerando nosso roteiro e o modelo de manipulação das ideias e dos pensamentos dos encarnados, precisam ter em mente o seguinte: mais do que nunca, deveremos usar os instrumentos de que dispomos e aproveitar as reações e as características dos seres humanos com os quais lidaremos mais diretamente. Afinal, realizaremos, a partir de agora, o maior experimento social do planeta nos tempos modernos — o que equivale a dizer: numa escala jamais vista em toda a história. Para atingir nossos fins, e tudo culminar no estabelecimento de uma nova ordem global, é primordial contar com as parcerias com todos vocês, e até mesmo fortalecê-las.

"Nosso programa de controle social, desta vez,

será apenas um experimento — enfatizou o maquiavélico espírito. — Leva em conta a covardia natural do ser humano, mas sobretudo dos religiosos, dos que dizem defender um mundo novo e melhor — neste ponto da explanação, risadas sarcásticas quebraram o silêncio da plateia momentaneamente.

"É de vital importância estimular a instabilidade financeira e solapar as bases da economia, tática que nos favoreceu de forma tremenda em episódios mais isolados, como a história demonstra à exaustão. Desta vez não será diferente, mas em escala global. Esse contexto será o grande trunfo para abalar as crenças e as aspirações por um mundo melhor, uma vez que condenará multidões à miséria. É imperioso contar com a ação e a ajuda de todos vocês, dirigentes das nações e dos fluxos de capital aqui representados. A economia precisa ser nossa maior arma no auge da execução de nossos planos. Será necessário arruinar a estrutura sobre a qual se assenta a economia dos principais países, sobretudo os da Europa, os Estados Unidos e seus aliados mais relevantes, como Canadá e Japão.

"Para atingir esse objetivo, não titubearemos em provocar uma guerra, a qual se incumbirá de acender o rastro de pólvora que fará queimarem as maiores conquistas da civilização. Povos de outros continentes sentirão a repercussão de nossa ação, pois todos dependem diretamente das nações contra as quais miraremos nosso poder de fogo.

"Todavia, para que tudo isso se verifique, deveremos levar a cabo nossa resolução de migrar o centro internacional de poder. Movimentaremos as peças no grande tabuleiro global, pois, a fim de implementarmos nossas ações, faz-se necessário um novo esquema geopolítico. Contamos com um aliado singular, que, em futuro bem próximo, será nosso principal veículo de instabilidade. Refiro-me ao país cujo símbolo é o dragão vermelho; isto é, que engendrou, em seu seio, o maior partido político do mundo, cujos princípios refletem boa parte de nossa cartilha ideológica e, portanto, servem bem à nossa estratégia. Essa nação prosperará, embalada em um aparente discurso de fina educação e de interesse em ajudar! Assistiremos ao momento em que a sua ideologia, a sua política e o seu poder vingarão onde seus rivais falharam.

"A hidra de Lerna[4] — falou, invocando o símbolo por décadas utilizado como síntese do sistema de poder umbralino — tem várias faces e múltiplas cabeças. Será bem melhor para todos nós que entre

---

4. Cf. "A hidra de Lerna". In: PINHEIRO, Robson. Pelo espírito Ângelo Inácio. *A quadrilha*: o Foro de São Paulo. Belo Horizonte: Casa dos Espíritos, 2016. p. 168-195. cap. 7. (A política das sombras, v. 2.)

em cena novo arranjo de poder, que se estabelecerá, a princípio, de modo sorrateiro. Depois, imporá a ideologia e submeterá a todos, mas somente quando o mundo inteiro já estiver de joelhos e sob o jugo do dragão vermelho. A nosso favor, temos o fato de que a memória histórica do povo é diminuta, e a da chamada elite cultural, subserviente a nossos interesses.

"Será fácil abalar a estrutura econômica vigente. Para isso, confiamos em vocês, tanto governantes quanto dirigentes de instituições mundiais. Até porque quem nos esposar o pensamento e investir nesse projeto auferirá cem vezes mais recompensas, de imediato, em matéria de riqueza e lucro. Ao mesmo tempo, a resposta de cada um ao nosso experimento social nos mostrará com quem poderemos contar quando chegar o momento de estabelecer a dominação total sobre a humanidade. Então, os que se mantiverem fiéis ao nosso mandato permanecerão conosco como príncipes da nova Terra."

Uma vez que os homens de poder compareciam desdobrados ao evento extrafísico, Lucius-Baal teve de conduzir, em essência, a mesma reunião em ocasiões distintas. Isso porque era preciso receber os convidados durante o período de repouso de cada um, considerando o fuso horário de onde viviam.

Depois de um silêncio premeditado, ao longo do qual observou a reação das autoridades ali representadas, o impiedoso príncipe da dinastia satânica continuou com seus argumentos, impregnados de magnetismo forte e hipnótico, devastador e, além do mais, indutor de estados alterados de consciência:

— Quanto às massas, de fato não há motivo para preocupação. Afianço-lhes que é seguro contar com a reação favorável da maior parcela da população mundial; na verdade, mais de 70% dela, com absoluta certeza, segundo averiguaram nossos pesquisadores.

"Eles vêm conduzindo experiências durante calamidades instauradas por fenômenos climáticos e geológicos, tendo aproveitado, ainda, determinados surtos de enfermidades que surgiram naturalmente, sem nossa interferência, ao longo das últimas décadas. Procuraram estudar — e, assim, prever — a resposta humana perante situações adversas graves, fossem aquelas com forte probabilidade de se transformarem em catástrofes de largo alcance, fossem cataclismos consumados.

"Surpreendentemente, a resposta social em todos os países, inclusive naqueles que se dizem desenvolvidos, é a mesma. Grassam a inconsistência e a incapacidade de discernir, de analisar os fatos com a devida sobriedade; sobretudo, exalta-se a tendência humana à histeria, ao alarmismo e ao pânico, que são excelentes condutores para atitudes extremas, capazes de derrogar a ordem vigente em pouco tempo. Diante da ameaça inusitada, da simples perspectiva de enfrentarem um problema para o qual não conseguem vislumbrar soluções imediatas, entregam-se ao medo e ao desespero. Fenecem as esperanças e as garantias civilizatórias, seguidas do dom da ponderação e da coragem. Viva a pusilanimidade da desprezível massa terrestre!"

Nesse ponto da preleção, a plateia exultou em aplauso esfuziante, obrigando o palestrante a uma breve pausa. Logo ele retomou:

— Em suma, é certo, é muito certo que verificaremos esse padrão de resposta, independentemente se estivermos falando da população norte-americana, russa, francesa ou europeia, de modo geral, ou dos miseráveis habitantes dos outros continentes. Não importam as coordenadas geográficas, reagem da mesma forma, em cadeia, como uma autêntica manada. E não pensem que os espiritualistas e os religiosos são diferentes, pois não são.

Sorriu e silenciou uma vez mais, enquanto escutava o murmúrio da plateia. Inflamados, os dirigentes mundiais conversavam, trocavam ideias rápidas entre si. Lucius deu tempo para que eles se acalmassem. Somente depois de alguns minutos, prosseguiu com entusiasmo e grande magnetismo, impregnando o público atento com apontamentos e previsões:

— Devemos aliciar os movimentos sociais, a militância fervorosa, os baluartes de toda espécie de direito e o ativismo em prol de quaisquer bandeiras, pois consistem no análogo contemporâneo e secular ao fundamentalismo religioso mais radical e intolerante, fator sempre muito bem-vindo, segundo nossa política. A cegueira de quem não quer ver, assim como a paixão desenfreada pelas causas "nobres", que dão sentido à vida dos ativistas, faz com que muitos abdiquem do raciocínio em favor da comodidade de tão somente acompanhar o comportamento bem-visto em seu grupelho, conforme a recomendação dos ilustrados da hora. Portanto, esse contingente, sem dúvida, é partidário valioso de nossos objetivos. Além do mais, constituirá excelente laboratório para os fins do nosso experimento social.

Novamente, as personalidades ali reunidas começaram um burburinho. A chance de usar o povo como cobaia e marionete lhes provocava autêntico fervor. Acima de tudo, a perspectiva de ganharem dinheiro e acumularem poder temporal lhes causava euforia. Entretanto, Lucius não deu a palavra a nenhum dos convidados, ao menos não ali. Ele queria inflamá-los cada vez mais. Queria levá-los ao delírio diante da ideia que permeava todo o seu discurso, pois sabia que, em vigília, a excitação emocional viria à tona mais facilmente que a memória precisa do que fora dito.

Intervir de forma certeira, no momento exato, era uma das habilidades de Lucius, que media atentamente a reação de cada um dos grupos convidados. Entre eles, havia aquele ligado à área da saúde, composto por ministros e secretários de estado, médicos e cientistas; também o dos políticos, o mais eufórico depois do primeiro; e a categoria dos líderes religiosos que se tornaram aliados. A lista ainda incluía formadores de opinião e personalidades da cultura *pop*, editores e chefes de redação de influentes veículos e canais de comunicação; bem como uma seleção de banqueiros, de empresários notáveis e de diretores de grandes conglomerados, cujo interesse era mais financeiro do que ideológico. A alteza do abismo contemplava todos os setores ali reunidos, instigando-os à medida que revelava a estratégia de guerra.

Aquele era apenas um entre os principados que compunham a nata do submundo. No passado, ocupavam o cargo de secretários e, muitas vezes, de conselheiros dos soberanos *daimons*, com vastos

domínios e poderes outorgados a fim de sobrepuja-
rem as nações. O raio de ação de cada um, embora
fosse delimitado pelas fronteiras políticas nacionais
ou regionais, englobava a psicosfera astral e seus habitantes. E Lucius-Baal era um dos membros mais
proeminentes do estamento sombrio.

— É imprescindível discutirmos poder, política
e mando, respirando tais elementos, como man-
dantes que somos — a sabujice, mesmo como tática eficaz, custava ao príncipe, conquanto mentisse
com maestria. — Nosso plano consiste em levar
as massas a mudarem de posição e de preferências com regularidade, a cada situação nova que se
apresentar. O objetivo é enfraquecer a força das
convicções, relativizar a verdade e trivializar atitudes contraditórias, sedimentando a impressão de
que não há quem escape à hipocrisia. Claro, tudo
milimetricamente planejado.

"Urge modificar os valores a respeito da família, pois assim obteremos a lealdade necessária por
parte da sociedade humana, a fim de manipulá-la
sem maior resistência. Com esse intuito, um dos
aspectos com o qual as plataformas de vocês precisam se alinhar é o das ideias supostamente inova-
doras, impulsionadas sob a bandeira do progresso.
Gradativamente, elas hão de corroer os conceitos
familiares, porém, sem que o povo perceba. As pes-

soas que elegeremos, desde líderes comunitários até chefes de estado e de governo, da esfera local à nacional, impreterivelmente devem professar as ideologias insufladas por nós. Basta que tudo esteja revestido da embalagem infalível, que é a da ampliação de direitos e conquistas sociais, da defesa das liberdades e da democracia etc. Como sabem, tais palavras de ordem, quando repetidas à exaustão, são senhas que removem qualquer obstáculo.

"Reparem quão vasta e detalhada é nossa estratégia, que vem sendo elaborada há décadas. Por isso, cumpram-na de maneira meticulosa! — exclamou a temível alteza das trevas. Mais do que uma ordem verbal, Lucius, na verdade, lançara um comando hipnótico veemente e irresistível sobre a assembleia, justamente no momento que julgou mais propício. Era o clímax, o ato que selava, de forma categórica, a aliança com aquelas almas desdobradas.

"De fato, em número razoável de países que desejamos aliciar para nossa causa, existem governos e pessoas instaladas na estrutura de poder que têm princípios morais e apresentam tendências avessas à nossa mensagem. Por mais que isso seja verdade, é vital compreender que ninguém que esteja atualmente na crosta é incorruptível. Mesmo que alguns resistam ao nosso braço forte por certo tempo, detemos plenas condições de modificar a opinião popular, virando o jogo a nosso favor, e assim derrogaremos, arruinaremos e deturparemos tudo que sintetize seus valores. Como alternativa, ainda há o recurso eficiente de difamar, vilipendiar e fulminar a reputação de quem quer que se coloque em nossos caminhos.

"Por essa razão, aliás, importa que vasculhem cada pormenor da vida e das relações daqueles com quem lidaremos. É essencial conhecer a fortaleza e as fragilidades do inimigo para chantageá-lo ou, então, aniquilá-lo. Isso implica a necessidade de apostar na multidão como massa de manobra, para podermos jogá-la contra ou a favor de quem quisermos, a nosso bel-prazer."

Lucius-Baal não permitia que o público raciocinasse muito sobre suas palavras. Tudo que pretendia era delinear o planejamento maligno dos principados e impregnar desse conteúdo todos os presentes. Ele prosseguiu, sendo ouvido e gravado pelos emissários da justiça, os espiões Guggi e Áurian, cuja camuflagem os ocultava até da própria alteza infernal.

— Não importa onde, a multidão — continuou o soberbo príncipe das trevas —, até nos países mais civilizados, comporta-se como uma choldra de vândalos. Sempre foi assim e sempre será. De modo que, como a barbárie transborda em qualquer início de desordem ou de contrariedade em relação aos supostos direitos ou privilégios, a turba se apodera das liberdades, das conquistas da civilização — ainda que abdique da civilidade ao se manifestar —, e a converte em anarquia. Essa realidade é nosso grande trunfo, sobretudo se considerarmos as lideranças em evidência atualmente, tanto vocês como outras de menor alcance.

"Nunca se esqueçam: mesmo que vocês sejam perseguidos e xingados, até odiados por uma parcela da população, apostem na divisão da sociedade como tática infalível para contornar a oposição às nossas ideias e galvanizar seguidores. Fomentar a fragmentação do tecido social em grupelhos, acirrar a clivagem entre eles e fustigar rivalidades é sempre o melhor remédio. Então, exaltem as chamadas minorias, pois elas constituem os aliados mais fiéis, justamente por serem os joguetes mais suscetíveis ao apelo emocional. Se porventura não se dobrarem, ali e acolá, saibam representar bem o papel da tolerância, mantendo-os ocupados, mesmo que apresentem franca manifestação contra alguns de vocês e suas políticas. O turbilhão é útil aos nossos planos quando acredita estar unido contra quem não quer reconhecer seus direitos e aquiescer ao que defende. À proporção que protesta nas ruas, exalta-se na internet e se ajunta em redor de seus ícones, mais valioso se torna para nossos objetivos. Ademais, o clima de comoção social e de tensão permanente é bastante favorável à interferência de nossos prepostos."

Lucius riu uma risada maldosa, maliciosa, e saiu do púlpito convencido de que o plano funcionaria perfeitamente. É claro que ele não informou os detalhes mais sórdidos — e preciosos — do grande plano. Afinal, nunca confiava plenamente em ninguém. No entanto, revelou o suficiente para que seus aliados soubessem sobre as diretrizes para estabelecer uma nova ordem mundial. Somente mais tarde, uma vez colhidos os resultados da grande crise experimental em que o globo seria precipitado a pretexto do visitante invisível, do inimigo biológico oculto, é que os verdadeiros comparsas entre as nações despontariam, aqueles com quem ele poderia contar incondicionalmente.

Contudo, esse novo cenário ainda não constituiria o panorama almejado pelos principados. Haveria golpe atrás de golpe até que o mundo se remodelasse, até que o mapa do poder fosse redesenhado. Junto disso, ideologias que pretendiam redefinir os valores cristãos voltariam à baila, dessa vez sob novo verniz e com novo figurino. Era necessário que a geração vindoura fosse, desde cedo, inoculada pelos chifres da besta; que os mais jovens crescessem sob a sombra da hidra de Lerna e seus tentáculos.

Após o discurso, que perdurou por cerca de uma hora e meia, Lucius-Baal se retirou do ambiente. Chamou para outro sítio determinadas personalidades que considerava de superlativa importância quanto à função que deveriam desempenhar no contexto internacional, de acordo com o esquema traçado pelos exímios estrategistas. A maior parte da assembleia permaneceu no salão, onde ouviria assessores da inteligência diabólica. Dariam ciência de aspectos relativos ao experimento social ao qual a humanidade seria submetida.

O mais alto representante dos principados levou consigo integrantes da administração nacional e mandarins de países-chave, nomeadamente China, Rússia, França, Itália, Estados Unidos e alguns outros nas Américas, bem como figuras proeminentes de instituições mundiais, tais como a Organização das Nações Unidas (onu) e sua subsidiária Organização Mundial da Saúde (oms). Ao todo, somavam cinquenta pessoas na reunião privativa, entre as que se vinculariam diretamente a Lucius-Baal e os oficiais e técnicos que lhe obedeciam. A esse grupo seleto, o programa deveria ser transmitido em maiores gradações.

"A besta que você viu era e já não é. Ela está para subir do abismo e caminha para a perdição. Os habitantes da terra, cujos nomes não foram escritos no livro da vida desde a criação do mundo, ficarão admirados quando virem a besta, porque ela era, agora não é, e entretanto virá."

— Apocalipse 17:8 (NVI)

CAPÍTULO 5

O NINHO DO DRAGÃO

eunidos em determinado espaço dimensional de frequência diferente daquela em que se movimentavam os seres sombrios, alguns sentinelas da justiça resolveram conversar entre si, longe do palco dos acontecimentos. Eles desempenhavam o papel de espiões, de observadores zelosos de cada ocorrência no submundo.

A tecnologia empregada para produzir o ambiente onde se ocultavam é a mesma que os guardiões utilizam em suas espadas, que, na verdade, constituem muito mais do que meros armamentos. Trata-se de ferramentas da técnica sideral capazes de provocar rasgos interdimensionais, os quais permitem transferir o alvo para outro local, uma espécie de hiperespaço, quem sabe. Foi dessa maneira que, imperceptíveis aos artífices das trevas, emissários de Miguel ascenderam ao que chamavam de *continuum* superior, sem, no entanto, abandonarem os redutos subcrustais onde atuavam.

— A ideia central dos manipuladores invisíveis, que, obviamente, agem em sintonia estreita com seus comparsas no mundo físico, não se restringe a transferir tecnologia biológica para a dimensão dos homens. Não mesmo! Pelo que pude notar, como espectador oculto das intermináveis reuniões dos dirigentes do submundo, a pretensão é bem maior.

"Outro aspecto interessante reside no fato de que a reação dos seres humanos, tanto das autoridades ao redor do globo quanto da população em geral, definirá se o feito das inteligências perversas passará à história tão somente como um experimento ou se consistirá em fator determinante para os rumos do processo educativo terrestre. Aliás, podemos inferir que o próprio comportamento da humanidade até aqui atraiu esse tipo de dilema ou de encruzilhada como parte de seus desafios sobre o solo planetário.

"De fato, as inteligências extrafísicas têm lá suas motivações, baseadas na sede imensurável por mando: visam arrebanhar a maior quantidade de pessoas para sua plataforma política e para seu domínio hipnótico. Não obstante, será a resposta humana majoritária à ofensiva das trevas que ditará os próximos lances do processo educativo e dos fenômenos menos ou mais dolorosos a que o planeta fará jus."

O silêncio pareceu tomar conta do local improvisado onde os guardiões conversavam sem que fossem percebidos.

— As lutas no horizonte, que abrangerão toda a humanidade, também constituirão um treino intensivo para os agentes encarnados e para os que se dizem representantes de Cristo na crosta. Agrupamentos serão abalados; a fé no ideal será posta à prova. Ao longo do período no qual a civilização em breve mergulhará, ficará patente quão verdadeira é a dedicação de cada um dos mensageiros que se consideram espiritualizados ou que se apresentam como arautos de uma nova era, de um novo porvir. Eis aí uma apuração capaz de peneirar a todos no campo de batalha espiritual e apontar os que estarão prestes a subir no pódio da vitória.[1]

Após o comentário do sentinela, os demais soldados ficaram apreensivos. No entanto, continuaram discutindo a respeito dos acontecimentos que, em breve, a humanidade enfrentaria.

A forma como interagiam não era igual à da humanidade encarnada, por meio da articulação de vocábulos. A telepatia era a base da comunicação entre os seres advindos de dimensões superiores. Quem os visse se comunicando uns com os outros julgaria que sons saíam de suas bocas, contudo, seria apenas uma impressão relacionada aos reflexos e às sensações do mundo físico, em virtude dos incontáveis estágios na matéria, ao longo de séculos

---

1. Cf. "Combati o bom combate, acabei a carreira, guardei a fé. Desde agora, a coroa da justiça me está guardada, a qual o Senhor, justo juiz, me dará naquele dia; e não somente a mim, mas também a todos os que amarem a sua vinda." — 2Tm 4:7-8 (ACF).

de aprendizado e de inúmeros mergulhos na carne. Uma vez na dimensão extrafísica, qualquer um que recentemente tivesse vivido a *dessoma* — o descarte biológico do corpo somático — perceberia os guardiões conversando exatamente do mesmo modo como se dá na crosta. Mas tudo não passaria de uma interpretação, uma espécie de condicionamento dos sentidos. Os imortais dialogavam por meio de palavras inarticuladas e de trilhas de pensamento ainda não compreendidas pelos homens da superfície nem pelas almas do submundo.

— O horizonte que se avista para governantes e dirigentes no mundo, ao se depararem com o projeto das sombras, é algo que a humanidade terá de enfrentar como um dos métodos de teste, a fim de averiguar se se submeterão ao jugo autoritário ou se reagirão, a fim de imporem limites aos planos funestos dos ditadores do abismo. A liberdade dos povos será tolhida brutalmente. Genuínos defensores das conquistas e dos pilares civilizatórios, entre eles, o das garantias legais consideradas inamovíveis, serão provados além dos limites, pois muitos enfraquecerão. Da parte das pessoas lúcidas, pouquíssimas vozes se ouvirão.[2]

---

2. "E, por se multiplicar a iniquidade, o amor de muitos esfriará" — Mt 24:12 (ACF).

"Caso se confirme a situação infeliz — acentuou o sentinela a serviço dos guardiões superiores —, que só se consumará mediante a anuência dos homens e de seus dirigentes nas esferas política, judicial etc., assistiremos à substituição do que se convencionou chamar de estado democrático de direito por um modelo mais autoritário. Sobretudo no campo político e dos direitos humanos, as máscaras cairão, finalmente, para que se conheçam os fantoches tanto quanto os ventríloquos, dos dois lados da vida."

Assim previa o guardião, como fruto de suas análises, perante os amigos. A espécie de bolha energética onde se isolavam da paisagem ínfera era criada e mantida, em parte, pela mente adestrada desses especialistas siderais.

— É certo que esses títeres — continuou Gérard —, operados por forças invisíveis, também fazem seus contemporâneos encarnados de marionetes. Por sua vez, eles têm seus interesses mesquinhos, que dissimulam muito bem quando alegam a preservação da natureza, do país e das comunidades como motivo para suas ações. O inimigo invisível, que é gestado em conluio com inteligências extracorpóreas tenebrosas, serve bem aos propósitos de todos que intentam subjugar a mente das massas, não importa de que lado da vida estejam.

— Então é de se supor — interpelou um dos interlocutores do sentinela — que a humanidade entrará numa espécie de guerra de caráter psicológico e espiritual, caracterizada pela doutrinação e pela busca de coibir a liberdade de pensamento. Parece um fenômeno que, até o momento, não foi formulado com clareza pelos amigos da dimensão física. Não é verdade?

— Sem dúvida! E essa guerra já está em andamento há algumas décadas. Os *daimons*, arquitetos da destruição, foram capazes de deixar seus planos bem-estruturados, nos mínimos detalhes, registrados na mente adestrada de seus principados, antes de serem circunscritos à dimensão ínfera onde se encontram.

"Alguém poderia se lembrar do texto profético, no qual se lê:

'Vi descer do céu um anjo [sabemos ser Miguel] que trazia na mão a chave do abismo e uma grande corrente. Ele prendeu o dragão, a antiga serpente, que é o diabo, Satanás, e o acorrentou por mil anos; lançou-o no abismo, fechou-o e pôs um selo sobre ele, para assim impedi-lo de enganar as nações até que terminassem os mil anos. Depois disso, é necessário que ele seja solto por um pouco de tempo.

'Quando terminarem os mil anos, Satanás será solto da sua prisão e sairá para enganar as nações que estão nos quatro cantos da terra, Gogue e Magogue, a fim de reuni-las para a batalha. Seu número é como a areia do mar'." [3]

Notando a reação de seus amigos guardiões, ele prosseguiu, ora enfatizando suas palavras:

— Assim sendo, o momento que vive a população terrena é um tipo de encruzilhada espiritual decisiva. Trata-se de um ponto a partir do qual toda a história se definirá, em que os próprios cidadãos determinarão se seu futuro será assinalado pela liberdade e pelo progresso, atributos de uma civilização promissora, ou se sucumbirá ao jugo orquestrado por ditadores das duas dimensões. Nesse caso, o sistema que se estabelecerá, em pouco tempo, dará origem a uma humanidade refém de grilhões impostos a fim de manter a massa sob o domínio de tiranos. Vem à mente algo semelhante à imagem de um mundo de joelhos perante a besta profetizada no livro da Revelação ou Apocalipse, já citado.[4]

"A civilização fará jus a que tipo de processo reeducativo? Será que suas atitudes atrairão para o planeta métodos de aprendizado mais brandos ou,

---

3. Ap 20:1-3,7-8 (NVI). Cf. 1Pe 3:19; Jd 1:6. Quanto a Gogue e Magogue, trata-se de uma referência a trecho do livro de Ezequiel (Ez 38:1-39:24).

4. Cf. Ap 13:15-17.

quem sabe, mais árduos e causticantes? Somente a reação humana àqueles eventos será capaz de responder a essas perguntas. O ensaio levado a cabo pelos dominadores do submundo, caso seja endossado pelos poderosos e assimilado pela população, será a porta de entrada para se implantar o controle universal da sociedade.

"Caso seja exitoso o experimento social, isso engendrará, em futuro próximo, um poder como jamais visto, um sistema de governo que regulará tudo e todos. Absolutamente todos serão vigiados; os dados de todos os cidadãos serão compilados por via tecnológica, abrindo campo para outro instrumento ainda mais avançado de subjugação total. Se porventura os humanos aquiescerem à tutela dos mandarins por causa do medo, apoiando os desmandos esboçados nas furnas do abismo — os quais as autoridades corporificadas no mundo físico não hesitarão em perpetrar —, estará dado o solo fértil para se erigir um estado controlador e autoritário, em escala jamais vista, em âmbito global. A tecnologia será ferramenta central no próximo passo do plano sinistro.

"Ainda considerando a hipótese de subserviência do homem perante o teste maligno — em que laboratórios das duas dimensões se fundem para apresentar falácias travestidas de verdades científicas, as quais devem ser impostas sem margem para questionamentos —, assistiremos à inauguração definitiva de um período sob o signo do anticristo. O horizonte que se descerraria não é alentador, para dizer o mínimo."

Todos ficaram pensativos e com boa dose de apreensão diante das explicações do atalaia. A serviço dos emissários da justiça, os demais igualmente trabalhavam há décadas entre as brumas da escuridão. Gérard passara tempo suficiente pesquisando e acompanhando os lances na penumbra, como espião ou agente secreto. Tecia apontamentos dignos de consideração, embora ele jamais pretendesse que suas palavras fossem interpretadas como predições — mas, sim, como análise de conjuntura.

— Temos notícia de que, no cenário da vida universal, outros acontecimentos estão previstos — continuou o sentinela, depois de conceder algum tempo para que suas palavras fossem assimiladas pelos amigos —, os quais merecerão cuidados cada vez maiores por parte dos homens. A humanidade atrai para si exatamente aquilo que melhor se configure para seu aprendizado nesta etapa de comoções planetárias.

Procurando retomar o assunto anterior, que era o objeto principal de seus comentários, Gérard acrescentou:

— De duas, uma: a tecnologia será ou a libertação ou o instrumento de escravização com que os homens conviverão, a depender do caminho que, coletivamente, escolherem trilhar. Junto a tudo isso, os emissários e os representantes do bem, da justiça e da fé terão de lidar com as artimanhas e os estratagemas para os desmoralizar, urdidos, inclusive, nas trincheiras dos que pretendem defender o bem e a verdade.

"Digo isso — enfatizou o guardião — para que tenham em mente que entraremos numa guerra de opiniões, de ideias, de planos e de arquiteturas mentais, muito mais do que uma guerra entendida de forma tradicional. Nesse contexto, a internet será o próximo campo de batalha onde muitos sucumbirão, julgando-se paladinos do direito, do bem e da liberdade."

Foi nesse ponto que outro atalaia, especialista em geopolítica das sombras e grande observador dos acontecimentos no palco das civilizações, assumiu a palavra e disse, reforçando colocações feitas até ali:

— Numerosas proibições, de maneira autoritária e desmedida, serão decretadas simultaneamente, em localidades das mais diferentes longitudes. É de se esperar essa enxurrada global, pois denota que os poderosos ao redor da Terra sofrem a influência, em maior ou menor grau, dos mesmos segmentos da dimensão extrafísica — ou seja, dos que almejam o domínio total da humanidade. Todavia, isso não quer dizer que tais indivíduos estejam isentos de responsabilidades; afinal, consorciaram-se àquelas inteligências sombrias sem abdicarem do próprio juízo.

"Na verdade, trata-se de um curioso processo de simbiose. De um lado, os encarnados alimentam interesses materiais de poder. A título de exemplo, o partido idealizador do projeto criminoso que está em andamento, a partir do Oriente, nutre aspirações de hegemonia global. Por esse motivo, seus dirigentes abrem as comportas do pensamento para que recebam a transferência desarmônica dos anseios das trevas. Colocam-se, assim, como médiuns das inteligências ambiciosas que operam desde o outro lado do véu entre as dimensões.

"Além disso — continuou o sentinela —, há que se considerar o seguinte fato: muitos que tomam o corpo físico com o objetivo de auxiliar o processo evolutivo sucumbem diante dos desafios ou perante a tentação de mando. Dessa forma, acabam por se tornar comparsas de forças medonhas."

— No campo social — interferiu Gérard, que iniciara a conversa —, esperemos atitudes extremas por parte de governantes e outras autoridades.

O quadro de medo e pânico, insuflado pelos que pretendem tirar proveito da situação, fará com que seja decretado estado de emergência de norte a sul, o que favorecerá toda sorte de abuso e de ensaio de caráter social, emocional e espiritual.

"A privacidade dos cidadãos será violada e, depois, devassada. Sobre isso não resta a menor dúvida, caso os homens sucumbam aos ditames dos principados. É razoável inferir, até mesmo, que mais da metade das nações adotará normas e medidas autocráticas, antes impensadas. Essa conjuntura acobertará situações preocupantes, que porão em xeque grande parcela do que se conquistou em matéria de direitos humanos e de garantias vigentes no que se convencionou chamar de países livres."

Agora, sem dar pausa para seus interlocutores pensarem, o emissário dos guardiões estendeu-se um pouco mais:

— Os poderes mundanos, convenientemente despreparados para enfrentar um inimigo invisível, que atinge mais ou menos a todos, sem distinção de classe social, credo ou raça, não perderão a oportunidade de arrogar poderes adicionais para agirem, supostamente, em benefício das massas. Com efeito, dirigentes de certas nações acompanharão a toada internacional não por convicção, mas por pusilanimidade, temendo ser enquadrados como contrários ao plano salvacionista, além de exporem a economia de seu país ao risco de retaliação.

"Nesse clima de sede de mando amplificada pelas trevas, a eclosão de uma emergência sanitária, ainda mais em tempos de sentimentalismo exacerbado, será a alegação perfeita para solapar fundamentos civilizatórios a pretexto de salvar vidas. A conjuntura, aliás, também será propícia para emprestar a governantes ares messiânicos. Sendo assim, não há como se furtar à previsão de que a suposta autoridade de representantes de organismos mundiais, somada à ousadia de muitos decretos, conduzirá o mundo a uma inevitável catástrofe em tudo aquilo que denominam direitos humanos. Ou seja, submeterão os cidadãos a situações cada vez mais constrangedoras e absurdas, em nome da ciência, mas sem nenhuma certeza, ou melhor, com inúmeras incertezas.

"O objetivo do teste, cumpre recordar, é a manipulação de mentes, visando a experiências sociais cuja função é calibrar as investidas que, em futuro próximo, serão efetuadas contra a humanidade, de modo ainda mais audaz. Os próprios homens de ciência serão intimidados — para além da influência astral perniciosa que, na maioria dos casos, inadvertidamente recebem — e temerão se opor a orientações com pretensão científica, porém, advindas de pessoas com autoridade mais política do que científica, mas acima deles hierarquicamente."

— Penso sobre onde surgirá esse inimigo invisível... — interferiu um dos guardiões. — Será que a pátria onde vem sendo gerado o mecanismo inumano de dominação ficará isenta daquelas medidas abomináveis, ou até no ninho do dragão o povo sofrerá restrições, tal como nos outros países?

— Não convém nos esquecermos da palavra do espírito Edgar Cayce[5] — respondeu o guar-

---

5. Edgar Cayce (1877-1945) foi célebre paranormal nos Estados Unidos e era dotado de extraordinárias faculdades, sobretudo ligadas à clarividência e ao desdobramento astral. Já em vida apresentava aptidões premonitórias, fatos que lhe renderam a alcunha de *profeta adormecido*. Em obras de Ângelo Inácio, em espírito, figura como personagem; também colaborou com várias delas, tendo inspirado a distopia cuja forma literária foi dada por outro escritor espiritual (cf. PINHEIRO, Robson. Pelo espírito Júlio Verne. 2080. Belo Horizonte: Casa dos Espíritos, 2017-18. 2 v.). Neste trecho, o personagem refere-se a certa preleção, na qual o paranormal discorre acerca das profecias contidas na passagem bíblica acima transcrita. Importa notar que a publicação data de 2012, e suas interpretações permanecem soando plausíveis, quase doze anos depois (cf. PINHEIRO, Robson. Pelo espírito Ângelo Inácio. *O fim da escuridão*: reurbanizações extrafísicas. Contagem: Casa dos Espíritos, 2012. p. 115-131. cap. 3 (Crônicas da Terra, v. 1.).

dião superior. — Valendo-se da metáfora do Apocalipse, ele asseverou que o "dragão vermelho" terá um brilho momentâneo no palco do mundo. Todavia, segundo a profecia, o grande dragão vermelho arrastará, em sua cauda, "um terço das estrelas do céu". Examinemos a passagem tal qual figura nas Escrituras:

'Então apareceu no céu outro sinal: um enorme *dragão vermelho* com sete cabeças e dez chifres, tendo sobre as cabeças sete coroas. *Sua cauda arrastou consigo um terço das estrelas do céu*, lançando-as na terra. O dragão colocou-se diante da mulher que estava para dar à luz, para devorar o seu filho no momento em que nascesse. Ela deu à luz um filho, um homem, *que governará todas as nações com cetro de ferro.*'[6]

---

6. Ap 12:3-5 (NVI, grifos nossos). Convém observar que, como é peculiar aos textos proféticos, que empregam linguagem simbólica, mais de uma interpretação não só é algo possível, mas é recurso tencionado — eis um dos méritos desse estilo. Seja na esfera mitológica, que também recorre a metáforas e imagens, seja nas parábolas de Jesus, verifica-se fenômeno análogo, o que lhes confere caráter imperecível. Não é de se estranhar, portanto, que obra do mesmo médium apresente outra leitura da passagem de João Evangelista (cf. PINHEIRO, Robson. Pelo espírito Estêvão. *Apocalipse*: uma interpretação espírita das profecias. 5. ed. Contagem: Casa dos Espíritos, 2000. p. 155-169. cap. 9).

"Concentrando-nos no caráter simbólico do vaticínio, podemos interpretar as 'estrelas do céu' como alusão a certas bandeiras em cuja estampa vemos estrelas. Os exemplos mais óbvios são, sobretudo, a da União Europeia e a dos Estados Unidos, potências que serão duramente abaladas no contexto próximo.

"Voltando ao objeto da pergunta, é nítido que a terra do dragão vermelho adotará leis e medidas coercitivas para, primeiramente, buscar distrair a atenção no âmbito político. Procurará dar outro enfoque ao problema que poderá surgir em breve, ou seja, intentará difundir a interpretação de que o chamado inimigo invisível não procede de seus laboratórios. Isso também será feito no intuito de testar o endurecimento do regime, que instaura o terror e abrange amplas regiões.

"Perante a comunidade global, a vantagem, para o plano hediondo, será que esse ensaio doméstico aparecerá — em amplos setores da imprensa, patrocinada por governos e grandes corporações, bem como por empresários e outras entidades com interesses comerciais escancarados — como sinal de que o grande dragão também constitui-se vítima. Será conveniente ao país, do ponto de vista econômico, dissimular o fato de que seu sistema político, tanto na esfera interna quanto no plano internacional, apresenta as características de útero nefasto. Afinal de contas, tem gerado elementos cujo efeito sobre a humanidade é devastador e catastrófico, haja vista a quantidade de pandemias originadas em seu seio."

As ideias expostas por Gérard deram vazão a inúmeras cogitações a respeito do porvir. Mas mesmo os sentinelas mais curiosos guardaram seus questionamentos para si, esperando as palavras finais do emissário da base lunar dos guardiões.

— No advento desse experimento que terá a humanidade como cobaia — continuou —, podem-se esperar vários elementos. Entre eles: controle rígido de populações inteiras; testes de resposta social desencadeados a partir da disseminação do medo; e alegações de que tudo se baseia na ciência, embora sejam proferidas por quem pouco ou nada entende de ciência. Além disso, o monitoramento será fortemente incrementado, lançando mão quer seja de drones, quer seja de aplicativos e funcionalidades dos telefones móveis, quer seja de outros meios tecnológicos, mas sempre mantendo o caráter obscuro de todas essas iniciativas.

Havia indícios de que o sentinela evitava falar mais abertamente, deixando no ar expressões passíveis de entendimento, mas não tão detalhadas quanto seus interlocutores desejavam. Mesmo assim, disse o suficiente para ser compreendido e para se formar uma ideia da abrangência da situação que aguardava a humanidade.

Um guardião pediu a palavra, sabendo que restava pouco tempo para conversarem. Afinal, precisavam voltar a se concentrar nos acontecimentos que os principados desencadeavam na companhia dos dirigentes mundiais em desdobramento naquelas paragens. Ponderou ele:

— Quando enviamos um relatório preliminar para a base dos guardiões mais próxima desta dimensão, um dos nossos conselheiros fez uma observação que merece ser analisada por aqueles que estudam a geopolítica e sua relação com os dominadores das sombras. Ele afirmou que o impacto do que tem sido urdido nas profundezas do astral, refletido no comportamento dos que se alinham ao regime ditatorial patrocinador das experiências perversas, atingirá, de chofre, os países considerados paladinos da liberdade. Essas nações serão lesadas não apenas do ponto de vista sanitário; princípios tirânicos contaminarão, também, o governo e as instituições de muitas delas. Por trás do temor de confrontar e contrariar as versões da propaganda oficial, pairará grande interesse comercial relativo à mesma ideologia que, paradoxalmente, engendra a derrocada econômica e financeira mundial, em proveito próprio.

— Sem dúvida é uma inferência razoável, meu caro amigo! Contudo, tal probabilidade seria classificada como absurda se porventura fosse ventilada abertamente. Conquanto pouquíssimos ignorem que uma asa do dragão encobre muitos dos acontecimentos...

"Seja como for, não é esse o fulcro de nossas preocupações no momento. Embora identificar as ramificações do poderio inumano na crosta seja parte delas, nosso objetivo é recolher o máximo de informações sobre os planos dos principados e das autoridades constituídas nas legiões sombrias. É bastante claro que, entre os viventes, as democracias consideradas liberais também sentirão, em maior ou menor grau, o peso das decisões devastadoras tomadas por figuras de poder, apesar das tentativas de acerto de alguns poucos. Sabemos, entretanto, que não agem sós tais indivíduos. Nos bastidores das cenas que se apresentam no palco do mundo, inteligências malignas maquinam o ataque contra as obras da civilização.

"Diante dessa realidade, os homens serão provados, testados, pois tais acontecimentos são sintomas das grandes revoluções que estão em curso nas regiões espirituais. Acima de tudo, são marcos que caracterizam o processo de reurbanização, de juízo e de transmigração em pleno andamento do lado de cá da barreira que separa as dimensões. A cadeia de fenômenos turbulentos que se delineia no horizonte é sinal de uma experiência acachapante, que indica a emergência de um novo sistema de funcionamento. Surge um paradigma que englobará desde novos métodos de governo até a reformulação da vivência de espiritualidade, pondo em xeque a prática atual. Tudo será revolvido, tudo será chacoalhado. Nenhum país, nenhuma família da Terra se furtarão a empreender a urgente redefinição de valores, encontrando maneiras diferentes de desenvolver suas atividades de caráter espiritual, profissional, social ou qualquer outro. Nada será como antes.

"No fim das contas, unicamente a resposta do homem a esses estímulos todos, a resposta coletiva, será capaz de determinar o futuro, uma vez transcorridos os eventos já delineados. Porventura se farão necessárias novas metodologias de reeducação dos povos ou, quem sabe, aprenderão com os eventos assinalados a lição exigida... Tudo concorre para que possam ascender a uma nova etapa de conquistas e realizações."

Depois da conversa com Gérard, Guggi reconduziu os demais guardiões com discrição, sem que pudessem ser descobertos pela milícia a serviço dos senhores do abismo. Logo partiram rumo a uma nova missão, em sítios ainda mais inóspitos.

A descida vibratória às regiões onde se davam as elucubrações dos principados ocorreu conforme era de se esperar, no entrechoque com fluidos mais densos e ambientes hostis. Os guardiões guardavam silêncio mental, necessário para absorverem e decantarem as observações do emissário da justiça. Eram tamanhas as implicações e, também, tantas as perguntas suscitadas após a explanação que julgaram por bem manterem-se quietos, na medida do possível.

Repentinamente, durante o descenso vibratório, a atenção dos guardiões foi desviada por um fenômeno curioso, semelhante a um raio, um relâmpago rasgando a paisagem, algo que já fora visto em outros momentos, no plano astral. Entretanto, não era mero relâmpago, desses que se observam na dimensão física. O brilho súbito era o rastro luminoso indicativo da presença de emissários divinos, os quais desciam às paragens sombrias a fim de assegurar o prosseguimento da jornada humana e o avanço da civilização terrícola. O mundo não estava só.

CAPÍTULO 6

O QUE
TIVER DE VIR
VIRÁ E NÃO
TARDARÁ

A visão da metrópole dos homens seria maravilhosa não fosse a contraparte astral, onde se enxergava para além dos detalhes que os olhos mortais eram capazes de captar, dadas suas limitações. A noite se abatia sobre as moradas humanas naquele hemisfério. Viam-se deslizar na atmosfera extrafísica daquele ambiente seres aparentemente alados, tamanha a facilidade com que se movimentavam nos fluidos semimateriais da cidade que nunca dormia. Poder-se-ia dizer que metade dos viventes dormia, enquanto a outra parte se deslocava, trabalhava, e outros, ainda, projetavam-se além das fronteiras da matéria densa para conviver com as próprias criações mentais e com seus parceiros de vida e de sonhos, ilusões e pesadelos. Nenhum dos cinco distritos parava, fosse de um, fosse de outro lado do véu que separa as dimensões.

Aquela era a Babilônia do mundo moderno; há décadas, o centro nervoso da economia mundial, onde as outras nações "se embriagaram com o vinho da sua prostituição".[1] A cidade não era somente o epicentro bancário, comercial e das principais

---

1. Ap 17:2 (NVI). "Pois todas as nações beberam do vinho da fúria da sua prostituição. Os reis da terra se prostituíram com ela; à custa do seu luxo excessivo os negociantes da terra se enriqueceram" — Ap 18:3. Cf. Ap 14:8.

bolsas de valores globais, mas também abrigava a sede das Nações Unidas e seus organismos mais importantes. Era a síntese máxima da pujança financeira, onde quase tudo era vendido, inclusive bens, valores e aquisições intangíveis. Pelos tantos que se locupletam em todo o fausto e a opulência que oferece, a metrópole é associada à grande meretriz no mais enigmático livro da Bíblia.[2]

2. Justifica-se transcrever abaixo o texto apocalíptico, mesmo extenso, em determinada ordem que enfatize as congruências apontadas entre a Babilônia profética e a cidade de Nova Iorque. Enumeram-se, além das citadas: 1) as *muitas águas* e o fato de seu território ser composto por duas ilhas inteiras, uma parcela de outra e parte de uma península, abarcando ilhéus, rios e baías, à beira-mar; 2) as cores *azul e vermelho* escoltam o branco nas bandeiras tanto dos EUA como da cidade, embora outras versões do trecho tragam *púrpura* e *escarlata*; e 3) *povos, multidões, nações e línguas* e a Assembleia Geral da ONU.

"'A mulher que você viu é a grande cidade que reina sobre os reis da terra.' Em sua testa havia esta inscrição: *Mistério: Babilônia, a grande; a mãe das prostitutas e das práticas repugnantes da terra.* [...] 'Venha, eu lhe mostrarei o julgamento da grande prostituta que está sentada sobre muitas águas, com quem os reis da terra se prostituíram; os habitantes da terra se embriagaram com o vinho da sua prostituição.' A mulher estava vestida de azul e vermelho, e adornada de ouro, pedras preciosas e pérolas [...]. Então o anjo me disse: 'As águas que você viu, onde está sentada a prostituta, são povos, multidões, nações e línguas. A besta e os dez chifres que você

Enquanto sobrevoavam a chamada capital do mundo, os guardiões observaram abaixo de si o movimento dos cidadãos entre ruas, residências, casas noturnas e empresas que funcionavam dia e noite. Logo fizeram um voo rasante e se detiveram sobre certos acontecimentos desencadeados a partir de decisões, atitudes e situações que eram tramadas em lugar de prestígio na complexa dimensão dos homens.

De repente, subiram vertiginosamente, para em seguida voarem acima de parques, avenidas, cidades e demandarem outros continentes. Cruzaram o Atlântico rumo a longitudes distantes, e então sondaram cada cidade da velha Europa, por onde, agora, deslizavam em fluidos de variada densidade. Rodopiaram sobre Londres e, em segundos, já passavam a mais de 10 mil pés de altitude nos céus de Paris; depois, Bruxelas, Berlim e Moscou. Dali, penetraram na Ásia e chegaram a Bombaim ou Mumbai, costurando seu trajeto entre vilarejos e metrópoles, entre planícies, cadeias montanhosas e centros de forças da Terra — os chacras do planeta, para onde convergem sistemas de energia que lhe são intrínsecos.

viu odiarão a prostituta. Eles a levarão à ruína e a deixarão nua, comerão a sua carne e a destruirão com fogo'" — Ap 17:18,5,1-2,4,15-16 (NVI).

Outros sentinelas, cuja atribuição era zelar pelas sociedades humanas, iam e vinham entre cidades e países, trazendo relatórios para a comitiva de guardiões mais graduados que por ali transitava. Ao mesmo tempo, debruçavam-se sobre as movimentações em curso na atmosfera fluídica e as perscrutavam. Miravam principalmente a atuação dos seres das sombras no limiar entre o mundo dos homens e o plano extrafísico, dotado de energias, formas-pensamento, correntes mentais e emocionais, as quais circundavam as moradas dos homens e as comunidades de espíritos nas regiões fronteiriças da matéria.

Havia, ainda, antecedência de alguns anos em relação à catástrofe que desencadearia a sequência de fenômenos concebidos pelos maiorais do abismo, a qual abalaria por largo período toda a raça humana. Mesmo assim, em inúmeras cidades, viam-se os arautos dos potentados malignos — os príncipes caídos de um império que já fora vencido há milênios, no Calvário — transitarem, voluptuosamente, entre os reinos do mundo e a dimensão paralela. Talvez, pesquisassem conexões entre almas e corpos, rastreando espíritos a quem competiria reencarnar para cumprir seu papel no grande estratagema urdido pelas forças hediondas.

Com seu poderio, principados e potestades agiam na surdina, nomeando prepostos segundo a função que lhes fora designada. Urgia arregimentar recursos para a consolidação futura de suas ambições implacáveis. Nos gabinetes da Europa, da América e da Ásia, emissários preparados adrede, tais como especialistas de diversas áreas, chefes e subchefes de legião, e até agêneres, acercavam-se de mandarins das mais importantes nações. À medida que os embaixadores do horror se aprontavam, acentuavam a ascendência sobre os encarnados, tendo como escopo os eventos escatológicos ligados à batalha final.[3]

Entretanto, os guardiões não dormiam jamais. Nunca tiravam férias e em nenhuma hipótese deixariam de trabalhar em prol da humanidade. Contudo, em qualquer época da história, tal como no presente ou no futuro, só poderiam agir mediante a observância estrita dos limites impostos pelas leis divinas. Em outras palavras, dependiam, como em toda ocasião, das atitudes humanas.

---

3. "São espíritos de demônios que realizam sinais miraculosos; eles vão aos reis de todo o mundo, a fim de reuni-los para a *batalha do grande dia do Deus todo-poderoso*. Então os três espíritos os reuniram no lugar que, em hebraico, é chamado *Armagedom*. A grande cidade foi fracionada em três partes, e as cidades das nações se desmoronaram. Deus lembrou-se da grande Babilônia e lhe deu o cálice do vinho do furor da sua ira" — Ap 16:14,16,19 (NVI, grifos nossos).

Uma comitiva especial de guardiões, membros da divisão de inteligência e segurança planetária, fora acionada por Jamar em caráter de emergência. A equipe ocupava-se da geopolítica internacional e integrava um projeto de grandes proporções, que incluía ações secretas, entre dimensões, junto de dirigentes mundiais. Ele a incumbira de se antecipar a certas questões no Oriente Médio, na Europa Central e no Leste Europeu, bem como noutros locais previamente apontados pelo sistema de estratégia dos guardiões superiores.

— Destituir reinos, reconstruir nações e mudar o desenho político global nunca será um processo encantador, que mereça o aplauso de religiosos emocionados que dizem fazer o bem. Essa é a verdade! — asseverou a guardiã Vetruska a seu colega. — Porém, em nossa divisão, precisamos continuar realizando a nossa parte, a respeito da qual muitos fiéis teceriam um sem-número de objeções. Fazemos o que se poderia chamar de trabalho sujo, desagradável, para que os amigos encarnados prossigam, embora isso reforce, em boa parcela deles, a convicção de que tudo se resolve com rezas, orações e vibrações.

Vetruska era uma guardiã que adorava comentários mordazes. Jamais abandonava suas atribuições e era de total fidelidade a Miguel e seus prepostos.

Seven e ela conduziam a comitiva de atalaias especializados, que trabalhava sem alarde.

— Concordo, guardiã! — respondeu Seven, no mesmo tom. — Nossa função sempre desempenharemos de forma sorrateira, na penumbra. Movimentamo-nos em meio ao grande xadrez geopolítico, enquanto procuramos antever os lances do adversário e direcionar as peças no tabuleiro da vida. Às vezes, permitimos que as circunstâncias subtraiam alguns elementos do jogo, por intermédio da morte, a grande parceira da evolução. Outras vezes, agimos em plena guerra, e até nos infiltramos nas fileiras inimigas do bem e do progresso, no intuito de modificar o panorama geral. Tudo obedece, obviamente, ao que os homens nos oferecem em matéria de recursos e, claro, à programação divina. Roteiro, aliás, que paira bem acima das limitações da visão dos humanos — que enxergam apenas palmos à sua frente, na melhor das hipóteses —, cujas opiniões nunca apanham toda a realidade detrás dos fatos.

— A esmagadora maioria dos homens — tornou Vetruska — nem sequer sonha com a existência de agentes da justiça sideral, que trabalham com bastante antecedência nos bastidores da política humana e dos grandes acontecimentos. Não fosse assim, a humanidade seria pega de surpresa ante as decisões obscuras tramadas nos gabinetes dos poderes de ambos os lados da vida.

A conversa dos integrantes da divisão de inteligência prosseguiu entre eles, enquanto os demais guardiões, mais graduados e responsáveis pelas estratégias de guerra espiritual, descreviam seu percurso nos fluidos do planeta. Comandada por Jamar e direcionada por Watab, a comitiva partiu da Índia rumo ao extremo norte asiático, sobrevoando a Ásia Central e o Cáucaso. Em alguns poucos minutos, depois de passar próximo às capitais e às cidades mais relevantes, já recebia os relatórios de técnicos e analistas responsáveis por compilar e interpretar as informações relativas aos setores vizinhos à morada humana.

O destino estabelecido era a estrutura extrafísica estrategicamente situada entre dimensões, num importante entroncamento magnético da Terra. Na contraparte física, a base coincidia com a região subpolar da cadeia montanhosa que assinala a divisa entre dois continentes tão caros ao planejamento das sombras: considerando as referências geográficas, os guardiões aportaram no espaço espiritual adjacente e sobreposto ao Monte Naroda, também conhecido como Narodnaya, isto é, o pico da cordilheira denominada Montes Urais.

Em eras geológicas recuadas, o supercontinente

que reunia a maior porção das massas terrestres na época havia se colidido com a Sibéria, numa aproximação lenta, mas programada pelos diretores do orbe. Desde então, estruturou-se a primeira planta de observação dos guardiões naquela região astral. No plano extrafísico, o local desempenha importância capital para os agentes da justiça cósmica no que concerne aos acontecimentos vindouros e ao desenvolvimento da civilização. Assim sendo, nas adjacências dos Urais, os amigos da humanidade formavam um agrupamento apreciável de seres comprometidos com a segurança terrena.

Desta vez, o chamado para a reunião era dirigido exclusivamente a cientistas, técnicos, peritos em tecnologia extrafísica, estudiosos do comportamento humano e estrategistas. Também estavam presentes *experts* em exopsicologia, pois era inescapável ponderar o papel de seres inumanos provenientes de outros orbes, fixados na Terra há milênios, e suas ambições de influenciar o psiquismo da raça humana.

Zura, Watab, Kiev, Dimitri, Semíramis, Astrid e outros atalaias de alta patente e notáveis especialidades compareciam ao encontro, entre tantos convidados. Jamar e os guardiões superiores precisavam contar com o maior número de especialistas possível para desenvolverem a estratégia de enfrentamento dos conflitos vindouros.[4]

Apesar da autoridade moral e da graduação de comandante de uma hoste de atalaias, Dimitri apresentava nítida preocupação, a tal ponto que vincos se notavam em sua face de jovem aparência. O fato não passou despercebido por Jamar. Em certa medida, todos ali, incluindo os que chegavam, podiam captar, na atmosfera extrafísica, um ar de gravidade. Aliás, parecia que a apreensão ganhara vida e originara um tipo de egrégora que se tornara palpável, como se fosse uma presença que os envolvia. As formas-pensamento ali aglutinadas eram o prelúdio de fenômenos incomuns, presságio de algum evento de suma importância, e deixavam todos profundamente circunspectos, sensíveis e pensativos.

Os espíritos que acudiram à convocação de Jamar, que trabalhava estreitamente ligado às diretrizes de Miguel e seus prepostos, mantinham-se o tempo inteiro alertas. Recebiam informações periódicas por meio de seu sistema de comunicação avançado, obtidas pelos espiões infiltrados nas regiões ínferas.

---

4. À exceção de Vetruska e Seven, todos os personagens citados neste capítulo foram apresentados em livros anteriores, notadamente nas trilogias *O reino das sombras* e *Os filhos da luz*, cujos volumes constam, por essa razão, da bibliografia desta obra.

— Dimitri, você tem notícias acerca do principado que capitaneia os arquiduques e seus asseclas desde seu antro no abismo? — perguntou Jamar.

O guardião, sempre devotado à causa da humanidade e fiel ao compromisso com a segurança planetária, respondeu à indagação de seu superior de forma direta. Entretanto, o que disse fez com que lembranças difíceis lhe assomassem à mente.

— Lidamos com um exímio militar e comandante de uma das mais preparadas e cruéis legiões dos *daimons*. O histórico completo das muitas vidas dele em nosso mundo passa por experiências nas quais assessorou facínoras de diferentes períodos. Desde as corporificações pregressas, em outros orbes, desenvolveu habilidades como excelente estrategista de guerra. Em épocas distintas, acercou-se de conquistadores sanguinários, generais e ditadores. Portanto, o principado que põe em prática o estratagema dos dragões é um dos mais astutos e capazes artífices das trevas, com larga ficha de serviços prestados aos inumanos *daimons*.

Nesse instante, tornou-se claro que os demais, no entorno, estavam muitíssimo atentos à conversa, muito embora tivessem tentado disfarçar a curiosidade pelo que Jamar e Dimitri tratavam em particular. Todavia, os pensamentos, sobretudo daqueles mais próximos à dupla, movimentaram os fluidos no ambiente de modo inconfundível. Nem ao menos era necessário sondar seu conteúdo. Bastava mirar a revolução das formas mentais para compreender que todos tinham bastante interesse no que os dois discutiam.

— Noto grande preocupação em seu semblante, meu amigo — falou Jamar a Dimitri, talvez lhe dando oportunidade para se expressar mais intimamente. Por sua vez, este demorou um pouco, movimentando-se lentamente em torno do superior hierárquico, que então fez um leve sinal com os olhos. Deixou claro que estava aberto a ouvir seu companheiro de lutas.

— Queira desculpar essa inquietação, senhor. Porém, ante os registros e os arquivos que nos foram transmitidos por Guggi, vejo abrangência muito maior nos conflitos urdidos pelos principados do que talvez tenha sido detectado por nossa equipe de espionagem.

Jamar permaneceu calado ao ouvir o guardião e caminhar com ele, vagarosamente, para um local reservado, onde não poderiam ser "escutados" por via telepática. Dimitri sentiu-se estimulado pelo gesto do interlocutor e, assim, continuou.

— Parece que as implicações das táticas e das ações dos poderes sombrios não são meramente as que se podem esperar mediante um exame mais ligeiro. O príncipe não cultiva interesse apenas pelo que tem sido forjado nos laboratórios, sob os auspícios de um acólito dele. Na verdade, existe um objetivo mais amplo, para além da disseminação do vírus que os cientistas estudam.

— Sei disso, amigo! — exclamou Jamar, concentrando-se ainda mais no que dizia Dimitri. — Acompanho com vívido interesse o desenrolar dos acontecimentos nas esferas inferiores. E sei muito bem como deve se sentir, até porque sua procedência cultural remete às antigas repúblicas soviéticas. Mas posso lhe afiançar que, no momento certo, daremos atenção especial ao objeto de suas apreensões. Aliás, já tenho agentes em locais-chave, e equipes de socorro tanto quanto de especialistas em geopolítica já estão a postos, antecipadamente.

— Com efeito, agradeço sua generosidade, senhor. — Dimitri permaneceu quieto por breves instantes, pensando em prováveis acontecimentos futuros, um porvir talvez nem tão distante assim.

Logo depois, extravasou o desassossego, sentindo-se acolhido e, por isso mesmo, à vontade com o mais alto representante dos guardiões.

— Examinei detidamente as estratégias dos principados e das potestades. Resta claro que o escopo mais ambicioso do projeto diz respeito a uma grave manipulação, em escala mundial, excedendo muitíssimo o mero aspecto sanitário. Segundo o mapa mental que diagramei com base no que reportou nosso agente infiltrado entre os poderes das trevas, é possível estimar situações ameaçadoras em diversas áreas. Em resumo, podemos inferir, de maneira conclusiva, que se trata de um experimento sociológico sem precedentes quanto à ousadia e ao alcance global. Os resultados podem ser esboçados desde já e prometem ser drásticos.

"As projeções que pudemos fazer nos indicam, como prazo, a primeira metade deste século. Sucedendo o teste global, apontam, também, para um confronto entre determinados países, o qual poderá deflagrar um conflito de grandes consequências logo em seguida. E não para por aí, senhor: pelo visto, o plano dos senhores do submundo abrange outros golpes sobre a humanidade terrena."

Ele parou, ciente de que seu superior já detinha certo conhecimento acerca de lances futuros, ao menos no campo das probabilidades. Os dois permaneceram em silêncio por alguns minutos, enquanto Dimitri aguardava a palavra de Jamar. Este, num gesto de amizade em relação àquele que ocupava um posto elevado no comando dos guardiões, aproximou-se e passou o braço esquerdo sobre seus ombros, como só se faz entre amigos. Disse-lhe, em pensamento:

— Muitos fatos graves ocorrerão neste início de milênio, meu caro Dimitri. Golpes e mais golpes se abaterão sobre a humanidade. Não é grande conforto, mas nos resta nos ater à realidade de que ela sofrerá apenas aquilo que é reflexo das próprias escolhas. Nada diferente, nada pior. Ademais, compreendo muito bem a preocupação relativa à ascendência dos príncipes do submundo na política terrena, mais precisamente na região que será arrastada para o conflito, onde viveu suas últimas experiências reencarnatórias.

"Esperemos, também, no panorama que nos apresentaram nossos superiores. Precisamos cultivar uma visão abrangente do conjunto de desafios, capaz de detectá-los quando vierem à tona, mas sem perdermos de vista cada detalhe. Devemos, ainda, considerar que dispomos de agentes corporificados na crosta, ali e acolá. Desde aqueles envolvidos em questões de espiritualidade, como na política e nos entroncamentos vibratórios, até os que decidiram por atuar em meio à oposição ao Cordeiro; mesmo aí contamos com colaboradores, que, no momento certo, desempenharão papel importante no contexto dessa guerra espiritual. Muitos deles serão malcompreendidos, como frequentemente ocorre em orbes no estágio em que está a Terra. Tenho convicção de que podemos confiar em nosso time para a execução dos planos, os quais fazem parte de uma estratégia bem mais ampla, elaborada na base principal dos guardiões."

Jamar calou-se. Na sequência, entretanto, empregando seu psiquismo avançado, fez questão de compartilhar com Dimitri um bloco de conhecimentos, por via telepática. Tratava-se de parte do planejamento que Anton — guardião superior que coordena as estratégias dos atalaias em âmbito terrestre, bem como os processos de transmigração planetária — havia lhe dado a saber, desde a base erguida na Lua.

Dimitri sentiu-se mais animado e confiante. O olhar do oficial demonstrou tanto satisfação como honradez em virtude da atenção dispensada pelo comandante. A este entregou, então, como em outras ocasiões, uma placa cristalina, na qual, desta vez, constavam informações técnicas detalhadas, histórico reencarnatório e descrição da maneira como o príncipe do império maligno ascendera ao poder no grupo seleto de almas cruéis recrutadas pelos *daimons*.

O tirano do abismo descrito por Dimitri era um dos lordes mais temidos das falanges das trevas, além de um facínora, que levava avante uma política antagônica aos destinos evolutivos da Terra. Colocara-se sob a autoridade dos dragões de modo deliberado, movido pela convicção de que seu trabalho o favoreceria futuramente. Não se empenhava apenas por se tratar de uma ideologia defendida pelos maiorais, mas porque ele próprio julgava se beneficiar, com base em suas ambições doentias e sua ganância pelo poder desmedido.

O chefe das hordas do abismo havia servido aos desígnios de seres que vieram de mundos perdidos no grande semeadouro cósmico. Detrás de inúmeros acontecimentos da política terrena, ele fora o elemento manipulador de reis, sacerdotes, imperadores e generais guerreiros, detentores do poder ora secular, ora religioso. Muitos soberanos, assassinos e genocidas receberam a influência do temível poderio mental desse principado ao longo de suas encarnações, assim como no período entre vidas. Por muitas vezes, ele exerceu interferência decisiva e esteve nos bastidores, articulando graves crises em diversas nações.

Implacável, subjugou incontáveis poderosos da história. Quando em suas experiências na Terra, entre humanos, costumava abater seus adversários de maneira cruel e, após a morte deles, consolidava a primazia sobre os antigos inimigos, recrutando-os para servirem como comparsas ou escravos.

— Você é um dos nossos especialistas mais aplicados e com maior capacidade de análise, venerável guardião — falou Jamar para Dimitri, demonstrando, em seu gesto, gratidão e reconhecimento ao trabalho prestado e à dedicação a toda prova.

Depois da conversa com o oficial, Jamar dirigiu-se à assembleia, que o aguardava ansiosa. Afinal, a Terra se avizinhava de um dos eventos mais atrozes, dentro da cadeia de provações que os humanos deveriam enfrentar naqueles anos. Logo após, novo abalo na estrutura geopolítica prepararia o terreno para o advento da lógica global que governos, clãs poderosos e alianças de magnatas engendravam no anonimato. Essa sequência de fenômenos seria apenas o início da consagração da nova ordem mundial.

— Convém mencionar determinada característica das criaturas do abismo — falou Jamar à assembleia de especialistas reunida ali, na base dos guardiões nos Urais. — Em sua generalidade, elas não se prendem a um ideal, ou seja, não é devido a qualquer concepção maior que permanecem unidas ou comprometidas com seus ditadores, muito menos umas com as outras. Outro é o motivo. E esse é um traço comportamental dos seres que vieram, há milênios, para participar da trajetória da humanidade terrícola.

"Além do mais, não se submetem a um único chefe ou a uma única direção. As forças da maldade desconhecem o sentido da palavra *fidelidade*, tampouco de *lealdade*. Com efeito, apesar da arguta capacidade de tantos potentados das forças malignas, existem diversas facções lutando umas contra as outras. A partir daí, surgem fraturas e ramificações no poder. Eis por que os chefes de legião, bem como os principados e as demais hordas do abismo, não raro combatem entre si, em busca da maior fatia de mando em dado território.

"Vemos, então, que na disputa para prevalecer na crosta, mesmo considerando a atual ofensiva dos príncipes dos dragões, não conseguem colaborar em prol de uma estratégia comum, dedicando-se a uma tática unificada de ataque à civilização. Esse panorama nos favorece bastante nas iniciativas em proveito da segurança mundial. Convém levarmos em conta a realidade política desses reinos, invisíveis aos olhos humanos."[5]

Jamar fitou a equipe reunida. Em seguida, concluiu seu pensamento, antes de passar a palavra a Watab, que ouvia e participava de tudo em seu silêncio habitual.

---

5. "Se um reino estiver dividido contra si mesmo, não poderá subsistir. Se uma casa estiver dividida contra si mesma, também não poderá subsistir. E se Satanás se opuser a si mesmo e estiver dividido, não poderá subsistir; chegou o seu fim." — Mc 3:24-26 (NVI).

— Sendo assim, é seguro afirmar que, devido a essa característica peculiar, a ofensiva contém brechas, falhas e hiatos, por mais que pareça irretocável a muitos, incluindo a nossos amigos no mundo físico. Cabe-nos aproveitar essas limitações para agir, embora seja vital, antes, estudar a fundo as minúcias do projeto tenebroso.

"Será útil contarmos com o fato de que muitos dos chefes da oposição são inimigos entre si, envolvem-se em disputas tenazes, chegam a combater uns contra os outros e, até, a sabotar os planos das facções rivais. Em caso de vitória, tiram proveito do espólio de guerra e da derrocada daquele potentado. Não subestimemos, portanto, o valor desse aspecto muitíssimo importante — acentuou Jamar — na hora de enfrentarmos o cenário que se vislumbra.

"Em suma, o horizonte não é novidade, mas convém resumi-lo, pois quero destacar a consequência final desta breve lista. O estabelecimento da nova ordem passa pelo inimigo invisível — isto é, o vírus que tem sido cultivado —, pelas decisões políticas e econômicas que abalarão os fundamentos dos países e os pilares da civilização, e culmina no efeito drástico sobre o psiquismo dos homens. A meta, meus amigos, é torná-los emocional e mentalmente inabilitados, acarretando enorme dificuldade para viverem processos psíquicos superiores, de qualquer espécie."

Logo após a fala de Jamar, que durou mais alguns minutos, foi a vez de Watab tomar a palavra para expressar sobre o outro lado da situação.

— Ao ouvir nosso representante maior, Jamar, alguém pode ter a impressão de que os problemas somente ocorrem nas fileiras da oposição. Entretanto, a verdade é bem outra. Cabe observar com maior cuidado certas características daqueles que se congraçam em torno da política do Cordeiro e que intentam colaborar com nossas iniciativas.

"Em meio aos encarnados, contamos com a participação de gente de boa vontade, de pessoas apaixonadas e de agentes — e aspirantes a tal — que responderam ao nosso chamado. Contudo, em larga medida, são muito emotivos. Ou melhor: com frequência, permitem que as emoções nublem ou ofusquem as faculdades da sensatez, da sobriedade, da ponderação e da capacidade analítica. Em virtude desse aspecto, notamos que, em vez de estudarem e cotejarem as informações que recebem de diversas fontes, por exemplo, esmeram-se na procura de erros entre os agentes com quem trabalham. Assim, ante os arroubos de dedicação, facilmente se perdem, e perdem tempo em busca de culpados e possíveis enganos. Esse obstáculo pode atrasar nossos empreendimentos, principalmente quando for a hora de enfrentar a grande crise, que tanto deflagará a próxima etapa de provações no orbe quanto assinalará a largada rumo à nova ordem mundial."

De alguma maneira, a expectativa da assembleia era que Watab fizesse algo semelhante a Jamar, isto é, que apresentasse um esboço relacionado aos espíritos das sombras. Porém, Watab não poderia deixar de lado os problemas internos das equipes ao redor do globo que davam suporte aos guardiões. Ele queria despertar a atenção para as dificuldades relativas aos envolvidos na proposta de auxílio à humanidade.

— Há, ainda, outro aspecto. Na obra de enfrentamento das forças sombrias, não podemos desprezar o fato de que temos agentes interessados em obter algum tipo de projeção pessoal. Por mais que estejam entre os convocados a servir, a tendência é que eles se percam e acabem por atrapalhar aqueles que realmente farão algo efetivo sem almejarem protagonismo.[6]

---

6. "Tenham o cuidado de não praticarem suas 'obras de justiça' diante dos outros *para serem vistos por eles*. Se fizerem isso, vocês não terão nenhuma recompensa do Pai celestial. Portanto, quando você der esmola, não anuncie isso com trombetas, como fazem os hipócritas nas sinagogas e

"Menciono esses pontos apenas para que levem em conta o fato de que trabalhamos com homens, e não com anjos — sentenciou Watab, acentuando cada letra. — Por conseguinte, em nossa organização mental e no escopo da parceria com os humanos corporificados na crosta, precisamos considerar tais características, encontradas mesmo em meio a quem quer ser útil."

Depois da fala de Watab, os convocados para a assembleia saíram com a certeza de que, adiante, haveria batalha em ao menos dois flancos. O principal: enfrentar os ataques contra a humanidade perpetrados por principados, potestades e governos do submundo. O secundário, nas próprias fileiras do Cordeiro: lidar com aqueles que, de algum modo, disputarão os holofotes e buscarão chamar a atenção dos demais ao se apresentarem como detentores de habilidades psíquicas, de revelações e de orientações. Estes, ao não alcançarem seus objetivos, provocariam dissensões e cisões onde estivessem. Então, tenderiam a formar núcleos calca-

---

nas ruas, *a fim de serem honrados pelos outros*. Eu lhes garanto que *eles já receberam sua plena recompensa*. E quando vocês orarem, não sejam como os hipócritas. Eles gostam de ficar orando em pé nas sinagogas e nas esquinas, a fim de serem vistos pelos outros. Eu lhes asseguro que eles já receberam sua plena recompensa." — Mt 6:1-2,5 (NVI, grifos nossos).

dos em sua visão pessoal, a pretexto de constituir grupos mais avançados, de estudos especializados ou algo do gênero, nos quais poderiam desempenhar o tão almejado papel de orientador.

O panorama traçado e o alerta de Watab lembravam bem as palavras de Jamar quando do grande chamado para a criação de núcleos ao redor do mundo, cuja missão explícita era formar e capacitar agentes com a finalidade de apoiar os guardiões, os amigos da humanidade. Disse ele, em linhas gerais: "Não esperem erguer grupos numerosos. Aliás, se conseguirem vinte pessoas, será ótimo. Se destas restarem apenas cinco, porém dedicadas e que se coloquem verdadeiramente a serviço das forças soberanas, já será o suficiente".[7]

Na mesma ocasião, ouviram-se as seguintes palavras do comandante dos atalaias: "Seguraremos os ventos por, no máximo, cinco anos. A partir de então, serão soltos os quatro ventos — ou seja, os acontecimentos que abalarão o mundo. E o que tiver de vir virá e não tardará".

No fim das contas, o desafio concernente àqueles chamados a se tornarem artífices da transforma-

---

7. Cf. PINHEIRO, Robson. Pelo espírito Ângelo Inácio. *O agênere*. Belo Horizonte: Casa dos Espíritos, 2015. p. 254. cap. 6. (Crônicas da Terra, v. 3.) Cf. ___. *A quadrilha*. Op. cit. p. 125. cap. 5.

ção, agentes das forças superiores da justiça sideral, consistia numa batalha mais longa do que aquela a ser travada contra os principados e as potestades. Em momento oportuno, os guardiões se voltariam a isso. Por ora, arregimentariam pessoas de todo o mundo, independentemente de procedência, afiliação religiosa ou orientação filosófica.

O planeta atravessaria momentos de provas causticantes. Não somente uma ou duas tribulações, pois os vendavais das tempestades globais haviam sido soltos. Todos precisariam trabalhar muito mais intensamente do que até então.

"E depois destas coisas vi quatro anjos que estavam sobre os quatro cantos da terra, retendo os quatro ventos da terra, para que nenhum vento soprasse sobre a terra, nem sobre o mar, nem contra árvore alguma."
— Apocalipse 7:1 (ACF)

"Porque ainda um pouquinho de tempo. E o que há de vir virá, e não tardará."
— Hebreus 10:37 (ACF)

CAPÍTULO 7

A ESTRATÉGIA

—Na primeira metade do século XXI, já estava em andamento uma disputa acirrada pela primazia sobre diversos territórios do submundo extrafísico. Tais áreas geográficas correspondiam, aproximadamente e em termos vibratórios, às divisões políticas que demarcam as fronteiras na superfície, com algumas variações. — Assim começou a conversa entre Kan, um especialista em estratégias de guerra espiritual, e um aspirante a guardião superior que fora apadrinhado por Kiev, já com extensa ficha de serviços.

Mathias, o cadete, deveria cumprir largo período de aprendizado, sempre apadrinhado por um atalaia. Uma vez transcorridos ao menos dez anos de estudo, daria início ao estágio assistido, que é complementado, fora de campo, pelas disciplinas introdutórias às especializações. Durante quarenta anos, intensas atividades ofereceriam ao sentinela em formação a chance de mostrar dedicação e fidelidade à filosofia que permeia a corporação, bem como persistência e rigor militar, a fim de continuar seu roteiro de aprimoramento.

— As regiões do plano extrafísico têm uma geografia própria e são povoadas por habitantes aos milhões e bilhões. Por incrível que possa parecer, a esmagadora maioria deles nem atina que está despida da antiga indumentária física. Uma das razões para esse fenômeno é que ingressam nesta dimensão após a morte orgânica, mas o fazem sem nenhuma concepção a respeito da vida de espírito — prosseguiu Kan, concedendo explicações ao aspirante. — Desse modo, dão a impressão de delirar, sem compreenderem os princípios elementares que regem a existência do lado de cá. Vivem em comunidades, cidadelas, antros e cavernas do submundo, entre outros locais bizarros, inimagináveis para a maior parte dos encarnados. Deve ter notado as habitações que se ergueram ao longo de paisagens inóspitas e até hostis do panorama extrafísico. Esses ajuntamentos de pobres almas costumam ser administrados por outras inteligências, bem mais astutas do que a massa sob seu comando.

"A grande maioria dos espíritos que chega pelas portas da morte orgânica transita entre comunidades de seres em franca decadência psíquica. Acreditam estar ainda no gozo da vida física e, por isso, em grande parte deduzem que algo entre ignoto e insólito ocorre no mundo dos chamados vivos. Raramente cogitam outra explicação para as inconsistências que sentem, visto que sua experiência não se encaixa na ideia preconcebida que têm acerca da morte."

Kan falava com conhecimento de causa, pois percorrera diversas comunidades do mundo extracorpóreo por mais de quarenta anos, estudando seu funcionamento e suas estruturas de poder. Durante esse período, mapeou antros e cavernas e inteirou-se até mesmo do aspecto militar daqueles locais. Ao tecer seus comentários, vez ou outra dava uma pausa, a fim de que o aspirante Mathias pudesse assimilar os esclarecimentos, já que este se preparava para desempenhar sua primeira imersão na esfera denominada entroncamento energético entre dimensões.

— É útil que saiba identificar as características dos diferentes grupos encontrados do lado de cá, nessas paragens assombradas pela cegueira espiritual — retomou Kan depois de algum tempo. — Há outra classe de seres, cuja gama é bem ampla, a qual se reconhece viva, apesar de destituída do corpo físico. Não obstante, tampouco consegue romper acanhadas fronteiras vibratórias e perceber dimensões superiores. (Aliás, cabe ressalvar que essa incapacidade de captar inspirações elevadas se deve ao fato de que, muitas vezes, as legiões sombrias invisíveis, bem como seus superiores hierárquicos, entregam-se voluntariamente aos seus comparsas, dominadores ou algozes espirituais. Mais tarde, voltaremos a esses casos.)

"De qualquer modo, os seres de tal categoria são mais ou menos informados de que podem exercer grande influência sobre aqueles presos ao estágio acanhado, descrito anteriormente. Assim, reúnem-se em bandos que julgam melhores, pois utilizam a inteligência e o conhecimento de maneira efetiva, ao contrário dos outros. É uma casta mais consciente de seu estado e da realidade que a cerca, mas, também, das vantagens que essa posição privilegiada lhe confere em relação aos demais. Assim, impera sobre a multidão de seres, os quais lhe obedecem, embora se comportem quase como fantasmas sob as ordens da elite. Os que mandam não escondem a má índole e, conforme a graduação na escala de poder, ocupam postos de chefia e arrogam-se títulos variados perante as falanges do vasto domínio sombrio."

Mathias permanecia calado, absorvendo os detalhes da fala de Kan, que se mostrava conhecedor do panorama extrafísico. Nem mesmo as formações da política dos habitantes deste outro mundo ficavam à margem da análise.

— Parcela razoável dos súditos ou subalternos, em estado débil, não é exatamente má — continuou o estrategista. — Antes, está perdida, errática. Caminha, vive e vibra alheia ao que lhe ocorre tanto na intimidade quanto ao derredor. É mera massa de manobra, que ignora as reais intenções de quem a rege. Encontra-se numa espécie de transe hipnótico leve, porém que a deixa mentalmente permeável à ação dos tiranos. Caracteriza-se pela tibieza da vontade. De forma ingênua, avalia que as ordens dos maus, que dirigem a base da pirâmide social, são para o bem da população. Talvez precise crer nisso, sob pena de se ver premida a tomar uma atitude em relação à própria passividade.

"É evidente que esse tipo de espírito conta com seus pares na Terra, entre os encarnados. E como! Encontramo-los vagando todos os dias no plano físico, de modo análogo.

"Seja como for, ao estudarmos a mentalidade, a maneira como se comportam espíritos dessa categoria do lado de cá da vida, é fácil constatarmos que tiveram os pensamentos e as memórias prejudicados por alguma espécie de experiência extrassensorial. Sujeitaram-se a um processo de convencimento, de adestramento mental tão pungente que o resultado denota o conhecimento técnico de quem o fez. O emprego dos artifícios da ciência astral e da magia mental se torna patente mediante tamanho ardil e tamanha capacidade de sedução. Fato é que a vasta multidão nem sequer desconfia que sua consciência opera em estado degenerado, pois se vergou ao poder de persuasão e à autoridade dos tiranos sem aquilatar quanto lhe custaria tal negligência."

Mathias anotava tudo com visível interesse nas artimanhas urdidas pelos políticos e pelos ditadores das cidadelas que abrigavam a turba quase demente. Por anos a fio, o cadete atuara próximo aos encarnados e vira como funcionava a manipulação de ideias levada a cabo por veículos de comunicação, por políticos e por ases da propaganda a serviço deles. Estudar a forma como operavam as comunidades extrafísicas terra a terra e seu método de governo lançava luz tremenda sobre a sociedade humana. Com efeito, em grande parte dos casos, o contexto material tão somente reproduzia o que vigorava na dimensão contígua.

— Ao longo do tempo em que já habita as esferas limítrofes à fronteira com o mundo físico, a massa deixou que suas crenças fossem adestradas — Kan avançou, percebendo o interesse de Mathias. — A vontade e os pensamentos foram habilidosamente conduzidos para os fins escusos a que se propunham os cientistas sociais aliciados pelas potestades regentes desta paisagem sombria.

"Eis que uma turba de criaturas vagueia entre os escombros de guerras imperceptíveis aos humanos encarnados. Centenas de milhões, quem sabe bilhões, transitam entre uma dimensão e outra, vêm e vão sob as ordens de seus condutores sagazes. O turbilhão trabalha e se organiza de acordo com a cultura de cada região espiritual. Aglutina-se segundo os problemas, as crenças, os carmas e as atitudes sombrias que lhe caracterizam. Reúne-se, muitas e muitas vezes, não em torno de um ideal, mas em função da identidade de pecados, culpas e falhas morais. Em suma, agrupa-se em famílias cármicas, dotadas de corrupções semelhantes. Obedecendo a esse princípio, tais inteligências extrafísicas se distribuem e acabam jungidas à realidade de todo país. Vivem em conluio tenebroso com seus pares do mundo físico, acentuando nestes as disposições condizentes com cada vestígio das paisagens astrais de onde procedem.

"Detentores do corpo físico, os homens, por sua vez, também perambulam pelos caminhos do orbe. Em vilarejos, cidades, nações e continentes da superfície, acreditam na ilusão de que estão sozinhos sobre o solo onde pisam. Enquanto isso, interagem sem notar; convivem misturados, pensando e construindo ideias, planos, governos e reinos, completamente entranhados nesta outra realidade, da qual captam as influências, embora não o saibam explicar. Manipulados, conduzidos ou hipnotizados, prosseguem sua vida em processo de interação energética e social — invisível, mas verdadeira —, sem imaginarem que, em regra, seja para o bem, seja para o mal, são os espíritos que os dirigem."[1]

As informações transmitidas por Kan lançaram luz sobre a situação como vivem as sociedades humanas na superfície terrestre. Eis por que, em grande parte das vezes, são dominadas, guiadas e incitadas pelos líderes políticos que cultuam. Ora, estes não são ninguém mais, ninguém menos do que os próprios tiranetes aos quais se sujeitavam quando no período entre vidas, nos vastos povoados das paisagens invisíveis.

Somente então Mathias se pronunciou, intentando inferir as consequências ou as aplicações do que aprendera. Enquanto organizava as ideias, considerou a importância de entender as ferramentas de que lançam mão os mandarins das comunidades extrafísicas e, também, a política exercida por eles.

— Percebo quão fundamental é compreender a realidade acentuada em suas palavras, nobre Kan. Até mesmo para dimensionar, em grau adequado, o processo de manipulação generalizada em andamento na Terra.

"Convém aos habitantes do mundo lembrar que ninguém age só. Mesmo quando pensam auxiliar no que quer que seja, podem estar sob a

---

1. Cf. "Influência oculta dos Espíritos em nossos pensamentos e atos". In: KARDEC. *O livro dos espíritos*. Op. cit. p. 325, item 459.

ação hipnótica de algum desses seres nefastos. Ora, sabemos que a hipnose exercida sobre a mente é precedida de uma etapa de persuasão, até porque conquistar a anuência do alvo é crucial para alcançar efeitos consistentes. Sendo assim, se ele tiver boas intenções, precisa ser convencido de que presta um favor a determinada pessoa ou comunidade. Eliminando-se o choque com as próprias crenças, abre-se caminho para induzi-lo ao objetivo pretendido, que pode ir desde arruinar um trabalho ou difamar alguém até incorrer em atos de violência, a depender das inclinações do sujeito. Em todo caso, ele deve julgar que realiza um serviço em benefício do conjunto. Junto com a supressão de balizas morais firmes, a qual se sucede no campo cultural, torna-se fácil incitar indivíduos a cometerem os maiores disparates em nome de causas e valores supostamente nobres.

"Em maior escala, como se pode imaginar, o fenômeno é análogo. Todavia, nesse contexto, adiciona-se outro elemento à equação, pois o projeto de influência passa, também, por um componente de imbecilização. Ou seja, a pessoa ou o grupo se torna incapaz de notar que sua lógica deturpou-se, mesmo diante de evidências flagrantes. Em parte, isso se explica porque menosprezam a existência de uma linha tênue, que pende conforme o volume de sugestões que recebem — e acolhem — de seus comparsas ou influenciadores no astral. Esse influxo substitui gradualmente as inspirações superiores, as quais não conseguem mais captar. Portanto, estudar o mecanismo de ingerência mental e emocional que os manipuladores espirituais empregam ajuda muitíssimo os encarnados a detectarem em que proporção têm cedido à torrente de ideias insuflada por hábeis especialistas do pensamento humano."

Depois das conclusões acertadíssimas de Mathias, o aspirante a guardião superior, Kan prosseguiu. Dessa vez, deu ênfase à política do submundo propriamente dita.

— Após o aprisionamento dos *daimons* em cadeias magnéticas, ocorreram divergências entre os mais próximos, vibratoriamente, daqueles sete maiorais das dimensões ínferas. Digladiavam uns contra os outros, e sistemas de poder surgiram. As mais temidas expressões de poder do submundo se reuniram em forma de principados, potestades, tronos, triunviratos, decenviratos, hostes, legiões, comandos e ditadores do abismo. Ainda hoje, disputam as regiões abissais e da subcrosta, bem como as vastas áreas fronteiriças com a esfera física. Pretendem dominá-las, embora também haja aquelas facções cuja ambição repousa sobre o mundo dos encarnados.

"Existem grupos de seres extrafísicos, tanto em camadas mais profundas como nas proximidades da crosta, os quais não reconhecem nem respeitam as alianças constituídas após os milenares dragões terem sido precipitados no abismo. Jamais aquiescem com o poder dos ditadores e com os regimes de governo que se instituíram depois da reclusão dos *daimons*. Todavia, os dissidentes sabem que não detêm força o bastante para fazer frente aos comandantes das hostes mais numerosas e hábeis em desenvolver estratégias, isto é, aquelas que procuram interferir na história dos encarnados a fim de subjugá-los. Por isso mesmo, os membros mais experientes das facções rebeldes penetram sorrateiramente nas maltas organizadas pelos principados e, de modo ardiloso, conseguem galgar postos e se intrometer entre os mais representativos nesses círculos.

"Quando examinamos o panorama físico e as organizações do mundo dos viventes, notamos o reflexo de todo esse cenário conflagrado, em que imperam disputas infindas por território e poder, guerras constantes, ganância desmedida, desconfiança a toda prova e, como corolário da plataforma política das trevas, a esperada instabilidade.

De fato, a majestade da política do Cordeiro não tem espaço nos reinos humanos, como já assinalam as Escrituras.[2]

"Assim sendo, espíritos partidários, quer da hierarquia oficial, quer de facções rivais, ou mesmo dissidentes, todos têm emissários jungidos a seus parceiros e homens de autoridade. Tentam suborná-los mentalmente com suas ideias de poder e ganho e conseguem seduzi-los por meio de instintos bestiais de toda sorte. O ódio daquelas inteligências sórdidas pelos humanos viventes, considerados tão somente marionetes em suas experiências sociais, traduz-se em desprezo semelhante ao que o estamento político e burocrático sente em relação ao povo, vendo no cidadão comum apenas um fantoche, um reles súdito de seus caprichos.

"No contexto desse conluio aterrador, circula o conjunto de ideias, formas-pensamento e clichês mentais que compõe a egrégora de cada país e região, cuja densidade variará conforme seu teor seja admitido, acalentado ou até mesmo aclamado, de acordo com a vontade dos habitantes. Por conse-

---

2. Disse Jesus: "agora o meu reino não é daqui" — Jo 18:36 (ACF). Cf. Lc 4:5-7; Mt 4:8-9. Essas passagens, que advertem quanto ao terreno onde a política humana se movimenta, foram objeto de comentário do autor espiritual já no primeiro capítulo.

guinte, cada nação, cada cidade e cada ajuntamento humano forja exatamente o tipo de governo que deseja, que anseia, que evoca direta ou indiretamente, do qual dificilmente consegue se desvencilhar. Dito de outro modo, governantes e aparatos estatais resultam das inclinações e das aspirações dos cidadãos como um todo. Como a maioria da população terrena sintoniza facilmente com as forças destruidoras do processo evolutivo, oferecendo-lhes terreno fértil, sem dúvida um grande desafio se impõe.

"Esse fato, portanto, dá origem à maior forma de obsessão generalizada, abrangendo vastas áreas das comunidades humanas. Países inteiros e regiões constituem sítios que se ligam aos pensamentos, às ideias e às inspirações da ala que preside nas dimensões vizinhas, do ponto de vista vibratório. Tal realidade raramente é considerada por alguém, mesmo por quem se diz mais esclarecido, uma vez que se rejeita a hipótese de um sistema político além da morte, no plano dos seres extracorpóreos.

"Geralmente — acrescentou Kan —, a massa de pessoas que compõem determinado país corresponde aos espíritos que habitavam as comunidades de seres extrafísicos já afeitos ao jugo de tiranos residentes e dominantes naquela dimensão. Essa realidade abre enorme portal para compreender por que multidões clamam pela volta de ditadores, de antigos governantes acostumados a manipulá-las mental e emocionalmente. São incapazes de ver ou perceber as verdadeiras intenções desses déspotas. Como consequência, digladiam no mundo físico, combatem uns aos outros, num processo claro de submissão hipnótica às figuras tirânicas e suas ideias. Associam-se a um conjunto de pensamentos e estruturas de governo, ou desgoverno, a tal ponto que se tornam imbecilizados pelos chavões políticos adotados, redundando numa militância que acusa a influência recebida.

"Defendem, de fato, situações e ideologias surgidas no plano além da matéria, quando ainda circulavam como fantasmas entre os milhões de seres perdidos, a massa de espíritos que nem sequer se sabe desencarnada. No mundo físico, demonstram posicionamento, forma de pensar e atitudes que causam certo espanto, pois obedecem rigorosamente aos mesmos poderes aos quais se curvavam antes de mergulhar na carne. Isto é, o processo reencarnatório não foi suficiente para libertá-los da dependência mental e das garras de déspotas do astral, exímios manipuladores, ora também em novo corpo.

"Pergunto-me, ao deparar com esse panorama: será tão eficiente assim a hipnose a que se sujeitaram ou, quem sabe, habituaram-se tanto à escravidão da alma que se comprazem na vida de teleguiados? Qual fator pesa mais? Não tenho resposta, mas, a rigor, um não exclui o outro.

"Lamentavelmente, qualquer que seja a explicação, apenas um processo de reinicialização geral, com os abalos que lhe são inerentes, golpeará a turba insana e hipnotizada a ponto de despertá-la. Senão, será tragada, sob a férula de seus senhores, para outros quadrantes do universo. Conforme ocorreu com a Roma Antiga, tanto quanto com outros impérios do passado, a nova civilização emergirá das cinzas do sistema e das crenças atuais, propiciando um recomeço para a humanidade terrena. Até lá, porém, muitas coisas estão no rol dos acontecimentos planetários, aguardando a ordem sideral."

A conversa entre o guardião e o pupilo se encerrou nesse ponto. Enquanto teciam os comentários, estavam a caminho de outro local para observar mais de perto os lances da história, que era reescrita pelos potentados das trevas.

ENTREMENTES, EM OUTRO AMBIENTE...

Lucius-Baal era dos mais experientes e temidos entre os príncipes, os déspotas do abismo. Ele e mais outros três estavam por trás dos planos de remodelação nas esferas política e geográfica do planeta. O líder sanguinário se incumbira pessoalmente de tomar a frente das estratégias que levariam, mais tarde, à instauração de uma nova ordem mundial.

Lucius dispunha de um verdadeiro batalhão de seres da dimensão ínfera. Movidos por interesses diversos, apresentavam feições muito distintas uns dos outros, mas eram todos peritos em sua área de competência. Numerosos eram os especialistas em diferentes campos da ciência.

Entre as inteligências que, de modo sorrateiro, rivalizavam com Lucius, destacavam-se alguns dos arquiduques infernais. Um ou outro estava ali à espreita, imbuído do propósito de aproveitar qualquer mínima chance para tomar o poder das mãos do impiedoso príncipe. Todavia, nenhum deles podia menosprezar seus feitos. Sob o discípulo de Baal, essa casta invulgar de habitantes do mundo paralelo encontrara um jeito eficiente de romper a barreira que separa universos tão distintos, isto é, o físico e o astral.

Existe uma tênue película na estrutura planetária, uma espécie de obstáculo psíquico sustentado pelos seres de ambos os lados da vida. De natureza puramente mental, essa membrana impede que indivíduos de dimensões diferentes possam travar contato uns com os outros, de modo permanente. A maneira tradicional de estabelecê-lo consiste no desenvolvimento tanto de potenciais psíquicos quanto da força do espírito, observando certas circunstâncias.

Mas esse método não atendia aos objetivos da alteza perversa e sua trupe. Necessitavam que os conteúdos transmitidos de um a outro lado pudessem ser captados, decodificados e interpretados com mais rapidez. Com esmero e persistência, enfim descobriram como transpor grande parte dos empecilhos ao livre fluxo de pensamentos e vontades. Durante o processo, selecionaram alvos muitíssimos permeáveis aos intentos e às investidas vis, justamente porque esses homens se entregavam à manipulação de maneira deliberada. Sem sombra de dúvida, a adesão dos poderosos de vários países favoreceu bastante a ação da corte de Lucius.

— Convém aguardar que o novo arranjo de poder global promova os devidos ajustes no mapa político de certas regiões estratégicas — asseverou o ignóbil príncipe. — Mas vamos acelerar essa etapa, dando nossa contribuição para depor soberanos, abalar regimes e modificar a geografia física mediante a guerra, algo que é fácil provocar.

"É essencial elegermos os mandatários de determinadas nações, tais como Estados Unidos, França, Alemanha, Reino Unido, Turquia, Rússia e algumas mais, pois desempenharão papel fundamental em nosso esquema. É imperioso alçar até os postos de comando indivíduos cuja característica principal seja a pronta resposta a nossos estímulos; devem ser maleáveis, induzidos sem muito esforço. Para isso, só há duas opções: de um lado, homens fracos e medrosos, que cedam por mera obediência; de outro, aqueles mais viris, mas que já provaram a lealdade a nossos princípios. Estes, é claro, queremos que se perpetuem indefinidamente no poder. Como traço comum, os integrantes de ambos os grupos precisam ser prepotentes, famintos por mando e inescrupulosos. Será necessário agir durante o processo eleitoral e aproveitar as comoções sociais, que devem ser sempre instigadas, pois nada é mais útil do que a manada chamada povo, cuja vontade é dócil à nossa condução."

— No tabuleiro da política dos homens corporificados na superfície, é relativamente fácil mexer, alterando a disposição das peças conforme os planos de Vossa Alteza — assegurou um dos especialistas, a quem o príncipe dirigira a palavra. — Já temos os alvos previamente identificados. Basta emitir a ordem e agiremos a partir das vontades do povo, usando-o para atingir nossos objetivos.

— Sim, por intermédio da hipnose coletiva — acrescentou Lucius. — Aliás, a massa, sobretudo nos países mais prósperos, considera-se detentora da mais plena liberdade de ação e pensamento. Idiotas! Nem de longe imaginam que são teleguiados por nós; nem ao menos admitem nossa existência. E aqueles que a conhecem julgam que não lidamos com política, a política humana... Chega a ser patética tamanha estupidez, aliada à presunção, embora venha muito a calhar. Seja como for...

Nesse ponto, o principado mudou o rumo da conversa que entabulava com um dos especialistas em manipulação social.

— Urge nos dedicarmos, antes de tudo, ao teste que levaremos a efeito previamente. Precisamos mensurar até que ponto a humanidade está receptiva à manipulação, isto é, em que medida cederá às nossas vontades e de nossos aliados na crosta. O experimento social revelará o grau de subserviência e de permeabilidade à lavagem cerebral com o qual poderemos contar em futuro breve. É imprescindível não nos contentarmos apenas com a população de determinado país, muito menos com um extrato dela. Trata-se de algo em escala global, que atingirá todas as classes sociais, todas as nações, todos os religiosos. A resposta mundial nos indicará se é momento de avançar mais um passo ou, então, de aperfeiçoar nossas estratégias.

Assim, Lucius deu ordem para desencadear o

procedimento que levaria o mundo a enfrentar o inimigo invisível, o primeiro teste, não tão letal quanto poderia ser, mas que elevaria o medo das massas a um patamar nunca visto. Depois, viria o segundo, e as reações seriam novamente medidas. Finalmente, entraria em cena o mais letal, o mais bombástico e que seria o principal componente visando à realização da experiência social. Logo a Terra seria sacudida, e os filhos dos homens seriam abalados, testados, provados.

— Não será necessário fazer muito — complementou o príncipe das trevas. — O fator x já existe, e o lorpa do Noolan tem apenas impulsionado um elemento da natureza que, por si só, já é perigoso. O vírus nos é favorável, mesmo sem grandes modificações de nossa parte; isso é o que Noolan não entendeu. Mas compensa deixar que ele se sinta o autor da desgraça humana. De qualquer maneira, o paspalho é nosso aliado. Nossa ação deve mirar os homens, notadamente os formadores de opinião, os quais divulgarão qualquer tese que insuflarmos em sua mente. Nem sequer perceberão o alcance da nossa influência... Aliás, farão tudo em nome da ciência deles. Em suma, não nos caberá nenhum gesto mirabolante.

Olhando para o especialista, acrescentou:

— A tarefa que lhe compete, bem como aos

seus sequazes, é garantir que o inimigo invisível atinja seu objetivo. Como já disse, esse será nosso instrumento para aferir as vontades, as reações e os resultados a que aspiramos. Mas será apenas o primeiro de vários testes. Seu séquito deve lançar mão dos políticos, dos cientistas e dos fantoches da mídia, a qual será o maior trunfo nesse processo. Em paralelo, estaremos em ação para cambiar governos, mexer no grande tabuleiro do poder e colocar no lugar devido nossos apaniguados. Quem eventualmente deixar de exercer funções de mando continuará a nos servir ao injetar sua opinião no debate público, aproveitando a posição de prestígio de que goza perante o povo. Façam sua parte e comecem a agir agora sobre os mais suscetíveis ao nosso pensamento. Desse modo, terão muito mais à disposição, um espaço dilatado de atividade e mais força do que já tiveram em qualquer época de suas vidas miseráveis.

"Já estão em campo os especialistas da guerra, das catástrofes, e cada um desses flagelos assolará a civilização no momento certo, pouco a pouco, até que, finalmente, sobrevenha o golpe decisivo. Incitaremos os humanos a desejarem auxílio, alguma ajuda externa — e estaremos prontos para lhes prestar o socorro que merecem... Adiaremos indefinidamente aquilo que muitos chamam de renovação do orbe. Então, nós dominaremos, nós reinaremos! E eu serei o deus deles."[3]

A gargalhada que se seguiu era gutural e maquiavélica. Os especialistas, mesmo conhecendo a fama de Lucius, assustaram-se com tamanha obstinação e tanta barbaridade. Entretanto, ficaram calados, pois queriam, por sua vez, tirar partido de certas circunstâncias. Ele retirou-se sem dar maior atenção ao interlocutor e aos poucos que o acompanharam.

A soberba e a altivez cegavam o principado para outra realidade. Assim como os homens não o podiam ver devido às diferenças dimensionais, ele também não era capaz de perceber outras esferas e os habitantes de instâncias superiores.

Sobre o cume de um dos montes da geografia astral, Jamar vigiava. Nada escapava ao escrutínio

---

3. "Irmãos, quanto à vinda de nosso Senhor Jesus Cristo e à nossa reencontro com ele, rogamos a vocês que não se deixem abalar nem alarmar tão facilmente, quer por profecia, quer por palavra, quer por carta supostamente vinda de nós, como se o dia do Senhor já tivesse chegado. Não deixem que ninguém os engane de modo algum. Antes daquele dia virá a apostasia e, então, será revelado o homem do pecado, o filho da perdição. *Este se opõe e se exalta acima de tudo o que se chama Deus ou é objeto de adoração, a ponto de se assentar no santuário de Deus, proclamando que ele mesmo é Deus.*" — 2Ts 2:1-4 (NVI, grifo nosso).

dele, à percepção aguçada de seus sentidos espirituais. Também Miguel, por meio de seus emissários, permanecia atento a tudo e, com absoluta discrição, movia os fios invisíveis a fim de prover os recursos necessários ao auxílio planetário. Enquanto organizava estratégias, ponderava a melhor maneira de direcionar o exército da justiça divina, sob seu comando, para os preparativos necessários.

"Porque haverá então grande tribulação, como nunca houve desde o princípio do mundo até agora, nem jamais haverá. Se aqueles dias não fossem abreviados, ninguém sobreviveria; mas, por causa dos eleitos, aqueles dias serão abreviados."

— Mateus 24:21-22 (NVI)

CAPÍTULO 8

xércitos de Miguel se espalharam por todos os países do mundo. Especialistas, cientistas, técnicos de diversas áreas, incluindo a da saúde, posicionaram-se em lugares estratégicos a fim de preparar pessoas de bem, sintonizadas com o pensamento superior, para assimilarem a inspiração dos imortais. Os homens corporificados no planeta ainda nem suspeitavam dos embates do porvir.

Ordens do Alto foram dadas para aperfeiçoar as cidades da dimensão invisível, que seriam reformadas, readequadas e expandidas. Nem mesmo os habitantes dessas localidades, em sua maioria, sabiam o porquê das melhorias. Somente seleto grupo de consciências extrafísicas se informara acerca da necessidade de receber os viajores que em breve viriam do mundo físico. A movimentação nas esferas vizinhas à crosta era intensa.

Jamar fora incumbido de buscar ajuda em outros quadrantes da galáxia e deveria voltar a tempo de administrar os recursos obtidos juntamente com os agentes da misericórdia divina. Cumpriria a todas as comunidades do Além estar de prontidão. Miguel alternava-se entre a Terra e o Sol, pois no astro-rei preparava um novo quartel-general, a partir de onde os guardiões poderiam agir alheios às influências vibratórias do orbe terráqueo. Mais de um ano e meio antes que os acontecimentos se precipitassem na morada dos homens, já era preparado o socorro. No entanto, a resposta humana seria o fator-chave que poderia determinar o resultado do trabalho diligente dos imortais.

LUCIUS REUNIRA ALI SEQUAZES de diversas especialidades, visando à ofensiva sem precedentes sobre a humanidade. Convocara, também, seleto grupo de políticos e poderosos do mundo, os quais respondiam muito bem aos impulsos do temido príncipe e seus asseclas.

Havia representantes do dragão asiático e do que, outrora, fora o império dos czares, o Grande Urso, os quais traziam, na boca sangrenta, os espólios da guerra. Via-se, também, quem provinha da joia da América, a águia defensora da liberdade, que já fora portentosa, mas então parecia vacilar, prenunciando sua derrocada no palco das nações. Contavam-se, ainda, emissários de terras que sobreviveram aos séculos, tendo atravessado inúmeros conflitos, algumas das quais, agora, revestiam-se de outros nomes.

— Não pensem que eu pretenda pôr em prática um projeto tão somente de submissão total da humanidade. Não será algo simples assim — disse a famigerada alteza das trevas. — Nesta fase, já estão em andamento os subterfúgios para consumar o controle das mentes, e mais: isso através de estímulos emocionais levados ao extremo.

— Compreendo bem o plano maligno, magnífica realeza dos infernos — falou um dos arquiduques das profundezas, bajulador. — Sabemos que algo verdadeiramente grandioso e medonho está em curso.

— Sim, eminência — disse Lucius, reagindo com sarcasmo à sabujice daquele que comandava uma das hordas do abismo. — Mediante as respostas emocionais que induziremos na população mundial, nossos manipuladores, invisíveis aos olhos humanos, lograrão estorvar e até impedir o acesso da humanidade às correntes mentais superiores. Para atingir isso, compete a nós acentuar as dificuldades que se avizinham de tal maneira que o adensamento da aura magnética planetária provoque cada vez mais obstáculos às intuições e às inspirações advindas de dimensões vibratoriamente mais elevadas. Vamos criar uma crosta espessa, que mescle angústia, agonia, dor, medo, apreensão e toda sorte de sofrimento, o qual já assomaria de forma natural em decorrência do que está por vir.

O arquiduque escutava interessadíssimo as informações do principado. Entretanto, nenhum dos dois sabia que eram ouvidos, que sua conversa era gravada por um dos espiões que se infiltrara em meio à penumbra daquele ambiente. Simultaneamente, o diálogo era transmitido numa frequência mais alta até a instância superior.

Acima deles, numa atmosfera pouco mais sutil, os emissários de Jamar, agora sob a batuta de Watab, permaneciam a postos, aguardando as ordens de Miguel. Porém, mesmo Miguel decidira agir de modo a não chamar atenção, pois havia grande número de vidas humanas em jogo, além de outras implicações e muitos riscos. Não conviria desencadear uma reação ainda mais daninha do que já se previa, considerando as medidas levadas a cabo pelas autoridades humanas. Apesar de tudo, os guardiões estavam de prontidão.

— A ideia perpassa a criação de um campo magnético de dissolução do tecido delicadíssimo que liga o espírito humano às correntes mentais elevadas — continuava a falar Lucius, sem perceber o que ocorria no entorno, noutra dimensão, superior àquela onde se movimentava. — Aproveitaremos as ocorrências que já despontam no horizonte planetário para cortar o liame que conecta os encarnados às fontes inspiradoras da evolução. Será o fim da famigerada libertação das consciências!

O arquiduque dedicava toda a atenção a Sua Alteza e se embevecia com o plano admirável. Ele não era capaz de ir muito além da realidade a que se habituara, pois seu mundo mental encerrara-se num circuito fechado de interesses relacionado à tirania e à dominação.

Os principados — em especial, Lucius — pretendiam reconduzir ao poder, no plano físico, antigos comparsas de crimes. Fortaleceriam aqueles que haviam sido restringidos em sua autonomia e preservariam a liberdade de outros, utilizando-os novamente para enganar as multidões, que seriam instigadas a ignorar o passado.

— Há algo por trás das escolhas que a massa será impelida a fazer — acentuou Lucius enquanto caminhava por entre as sombras das cavernas, sabendo que, escondidos na penumbra, alguns dos súditos e dos consortes mais importantes o observavam, sem terem coragem de se aproximar. — Trata-se da manipulação de ideias e emoções num grau inédito, como jamais se viu em uma guerra entre seres das duas dimensões. As pessoas serão induzidas a enfrentar um processo mental tão angustioso, tão intensamente marcante que redundará numa ampla alienação e idiotização da humanidade. Tudo isso terá como condutor primordial, como amplificador de nosso potencial — e do processo de tecnomagia,[1] em última análise —, os veículos de imprensa e a mídia como um todo. A cantilena do medo com cara de notícia ganhará contornos hipnóticos.

O espião a serviço da justiça não pôde deixar de sentir um frio na alma ao ponderar sobre a magnitude do plano dos principados. Foi nesse exato momento que o próprio Watab quase se materializou no ambiente onde a alteza das trevas conversava com o arquiduque. O guardião permaneceu impassível, indetectável por qualquer aptidão ou tecnologia ali existente. Aproveitou a situação para penetrar, sondar, escrutinar os escaninhos mentais de Lucius e de seus colaboradores mais próximos. Nem mesmo o espião registrou a presença de seu comandante. Nenhum especialista, nenhuma

---

1. Tecnomagia é uma das formas mais recentes e sofisticadas de obsessão *complexa* — isto é, aquela que é feita com perícia. Empregada sobretudo em processos coletivos, *tecnomagia* é um termo que faz alusão à aliança representada pelo conhecimento dos cientistas das trevas e o dos magos negros. Em última análise, permite que a contribuição tecnológica amplifique as notáveis capacidades mentais desses iniciados milenares. A expressão foi introduzida anteriormente pelo autor espiritual. (Cf. PINHEIRO, Robson. Pelo espírito Ângelo Inácio. *Os imortais*. Belo Horizonte: Casa dos Espíritos, 2013. p. 65, 233, 312, 361. Cf. ____. *A quadrilha*. Op. cit. p. 70, 201, 247. Cf. ____. *Os viajores*: agentes dos guardiões. Belo Horizonte: Casa dos Espíritos, 2019. p. 282.)

tecnologia dos lordes da escuridão, das forças da maldade, poderiam detectar as irradiações eletromagnéticas de uma consciência superior como a de Watab. Embora nada ali o pudesse deter caso decidisse agir, ele simplesmente escutava, observava, vasculhava os pensamentos, compondo um mapa geral da situação.

Mais além, grupos de técnicos diretamente ligados ao comando principal dos guardiões rumavam a lugares específicos. Enquanto isso, no quartel-general das tropas de Miguel, discutiam-se estratégias detalhadas visando à operação que poderia ajudar a humanidade — caso os encarnados abrissem campo mental e oferecessem condições para tal.

Watab recolhia, ouvia e apurava as informações. O que estava por vir, ele sabia, era apenas parte de um estratagema bem mais amplo. Estava nos planos das inteligências sombrias criar uma dependência mundial no que concerne aos meios de comunicação e entretenimento, de tal maneira que a humanidade nem perceberia a magnitude da manipulação. De ponta a ponta, todos os extratos sociais seriam cooptados. Junto disso, havia todo um aparato montado e planejado milimetricamente, contemplando outros acontecimentos que se esboçavam no horizonte, preparados para açoitar o planeta Terra. A ideia era deixar os encarnados completamente desesperados, desnorteados, a ponto de aceitarem sem pestanejar as soluções que lhes seriam apresentadas.

Contando com essa aquiescência, os lordes das trevas estavam tão confiantes em seus planos mirabolantes que não consideraram determinado elemento na análise de probabilidades. Contudo, esse fator seria peça-chave no tabuleiro do xadrez cósmico.

Lucius ainda se distanciou um pouco mais dos mandatários das nações incumbidos de representá-lo no mundo dos encarnados, a quem não pretendia se dirigir naquela ocasião. Trouxera-os para que fossem submetidos, um a um, à ação de magnetizadores, especialistas e hipnos os mais potentes. Alguns, incluindo os que haviam sido escolhidos para ascender ao poder, mereceriam atenção maior por parte das potestades do submundo, às quais ele delegara atribuições. Logo estariam todos, novamente, de volta ao corpo físico.

O príncipe das sombras arrastou-se sobre os fluidos densos da ambiência onde se encontrava, mas sempre acompanhado, a certa distância, pelos enigmáticos guardas pertencentes ao povo dos espectros, que se escondiam na penumbra. Lucius queria conversar com outro ser das profundezas a respeito das iniciativas em curso.

Watab movimentou-se uma única vez. Olhou para o alto, mirando além, enquanto o tecido finíssimo que separa as dimensões — um tecido psíquico, sutilíssimo, invisível — foi rasgado, mostrando as estrelas de outro universo, que rebrilharam por alguns segundos, tempo suficiente para o guardião deixar-se atrair pelas energias poderosas dessa esfera superior. Watab já recolhera as informações necessárias, as quais entregaria pessoalmente ao comandante dos exércitos celestes, Miguel. Entrementes, o espião continuava a desempenhar sua função, coletando minúcias acerca das potestades do abismo e do seu plano hediondo.

Lucius não percebia aquilo para o que seus sentidos não estavam preparados. A atenção do filho de Baal concentrava-se inteiramente no objetivo de dominar, enganar e subjugar a humanidade e seus integrantes.

— Acompanho com grande interesse o desenrolar das pesquisas realizadas no complexo de laboratórios capitaneado por Noolan — disse o ser bisonho com o qual o principado se pusera a dialogar.

— Eu também me mantenho muito bem-informado sobre a infeliz criatura, que pensa cumprir o papel mais relevante de todos no contexto atual. Todavia, convém ele acreditar que estou alheio a seus préstimos e que desaprovo as iniciativas lá efetuadas. Assim, realizará o que lhe compete, crendo me enganar, pois trama arrogar-se o poder e me depor — Lucius esboçou uma gargalhada, calando-se logo em seguida.

— Sei que Noolan foi submetido a um processo de severa adulteração dos arquivos mentais...

— Sim! Eu mesmo me incumbi de deturpar suas memórias mais profundas, implantando registros falsos e lembranças de situações que nunca existiram. Em meio à operação, imprimi ordens pós-hipnóticas no cerne de seu espírito, de sorte que precisa acreditar que reprovo suas experiências. Noolan não pode saber que está, na verdade, apenas cumprindo ordens.

— Sim, isso fará com que a empreitada a ser levada a cabo por ele obtenha sucesso.

— Além do mais, não há por que o miserável saber, mas a parte dele não constitui a finalidade primordial do grande plano. O que Noolan executa com sua equipe de especialistas, nos laboratórios, é análogo ao que outros enviados efetivam no contexto geopolítico dos países onde se fixaram. Afinal, devemos preparar o mundo para a etapa seguinte, que logo desencadearemos.

A conversa se dava longe dos ouvidos e dos olhares dos personagens internacionais convocados para a doutrinação a mando do príncipe das legiões ínferas. Depois de certa pausa, a autoridade demoníaca disse ao interlocutor:

— Parece que será requisitado em breve para suscitar os eventos que devem se precipitar em solo europeu. Mas você, nas últimas décadas, tem atuado como um ser híbrido, um agênere.[2] Portanto, será muito fácil transitar ora numa dimensão, ora noutra, cumprindo o propósito designado por nossos antigos senhores, os *daimons*.

— Para mim e muitos outros de minha espécie, à semelhança do que ocorre com a dos espectros, os maiorais do inferno são e serão nossos soberanos para sempre, ainda que sejam transportados

---

2. "Se, para certos Espíritos [ao se manifestarem como aparição tangível], é limitada a duração da aparência corporal, podemos dizer que, em princípio, ela é variável, podendo persistir mais ou menos tempo; pode produzir-se a qualquer tempo e a toda hora. Um Espírito cujo corpo fosse assim visível e palpável teria, para nós, toda a aparência de um ser humano; poderia conversar conosco e sentar-se em nosso lar qual se fora uma pessoa qualquer, pois o tomaríamos como um de nossos semelhantes." ("Os agêneres". In: KARDEC, Allan. *Revista espírita*: jornal de estudos psicológicos. v. 2, fev. 1859. Tradução de Evandro Noleto Bezerra. Rio de Janeiro: FEB, 2004. p. 62.)

Cf. "Agênere". In: PINHEIRO, Robson. Pelo espírito Ângelo Inácio. *A marca da besta*. Belo Horizonte: Casa dos Espíritos, 2010. p. 392-471. (O reino das sombras, v. 3.) Cf. ____. *O agênere*. Op. cit.

para outros orbes, em regiões ignotas do espaço. Continuaremos servindo a eles mesmo quando vocês — príncipes, chefes de legião e magos negros — já não fizerem mais parte do contexto terrestre, nem que seja remotamente, em mundos diferentes.

Lucius-Baal mirou com expressão fulminante aquele que se manifestava como agênere na crosta. Mas se conteve, pois sabia que Ziam, o ser abjeto, era caríssimo aos planos futuros, sobretudo quanto ao leste do continente, sob sua supervisão e de uma horda de seres malditos.

Mal terminara seus pensamentos soturnos, o vaidoso príncipe do averno voltou-se, dirigindo o olhar para o alto. O que pôde perceber, mesmo que por alguns segundos, deixou-o petrificado. Uma luz, cuja natureza era totalmente diferente da que se habituara a ver na penumbra onde se movimentava, rasgou a escuridão logo acima, descendo, feito um relâmpago, rumo às profundezas do abismo.

Ziam tratou de sumir daquele recinto imediatamente, sem deixar rastro. O príncipe Lucius fitava, alucinado, a abertura dimensional que se produzia mediante a passagem daquele raio, divisando um átimo de outro universo, em âmbito superior. O fenômeno o deixou perplexo, quase paralisado. Ante a aparição inusitada, tinha os pensamentos confusos pela primeira vez.

Somente com bastante cautela, Ziam regressou à companhia do poderoso príncipe, abordando-o ainda trêmulo. Avistaram um dos imortais, e isso os incomodaria por muito tempo. Lucius tratou de recompor-se, pois não poderia transparecer hesitação, o que denotaria insegurança inaceitável, sobretudo perante um subordinado. Respirou fundo e disfarçou seu estado íntimo. Voltou-se ao ser híbrido fingindo equilíbrio e lhe perguntou, com a voz nitidamente perturbada, à qual não conseguiu imprimir o tom de normalidade de antes, apesar do esforço:

— E nosso projeto para os habitantes da superfície? Como está a concretização dele?

De modo semelhante, Ziam procurou dissimular qualquer incômodo. Permaneceu com a mesma expressão verbal, quase mecânica, mas lhe respondeu engolindo em seco:

— Tudo corre conforme planejado, alteza infernal. Estamos em plena estruturação das etapas que entrarão em vigor assim que o tocante a Noolan vier à tona. Necessitamos que o vírus seja replicado e se alastre com toda a veemência pela sociedade dos homens. Tão logo isso aconteça, acionaremos nossa parte. Os especialistas estão a postos desde já. Aproveitamos o tempo para estudar as reações humanas e, principalmente, como atingiremos cada grupo de países e cada metrópole; a partir daí, os demais humanos.

"Instituímos dez bases situadas na fronteira entre as dimensões — prosseguiu Ziam —, no mesmo espaço vibracional onde se localizam os principais laboratórios dos nossos pesquisadores. Com isso, conseguimos, entre outras coisas, interferir em muitos arquivos dos humanos naquilo que chamam de *nuvem*, isto é, a ferramenta virtual de armazenagem de dados. Aperfeiçoando essa técnica, poderemos transmitir-lhes nosso conteúdo de forma fácil e direta, empregando sua própria tecnologia."

— Fale-me a respeito com o máximo de detalhes — ordenou o lorde das sombras.

— Transferimos criações mentais para a zona de libração, como é denominado o limiar entre dimensões. Nesse espaço, não admitido e tampouco identificado pelos sábios humanos, torna-se mais fácil para nossos agentes a manipulação de tais conteúdos. Depois dessa fase, são incorporados ao ambiente virtual que os humanos utilizam, a chamada nuvem.

"Além disso, lançamos mão dos próprios aplicativos de computador para influenciar pessoas que vivem constantemente *on-line*, em tempo quase integral, já que são viciadas em permanecer conectadas. São elas os *on-liners*, nossos replicantes no mundo dos homens, os quais se incumbirão de disseminar o programa de desestabilização.

"Especialistas da nossa dimensão, do nosso time — continuou a potestade que vivia como agênere —, estão aptos a inserir informações, por meio de imagens e de mensagens bem-elaboradas, que serão transmitidas virtualmente. Esses conteúdos se integrarão de tal modo à memória espiritual dos encarnados, sediada no campo mental superior, que os influenciarão não somente na vida atual, mas, também, nas reencarnações futuras."

O assunto, por não ser da predileção do príncipe, pareceu mirabolante, pretensioso demais. Mesmo assim, ele permaneceu atento, aguardando que Ziam prestasse mais esclarecimentos a respeito do que, na verdade, tratava-se da progressão do processo de tecnomagia, examinada em detalhes. O ente vil percebeu o embaraço do interlocutor, mas não quis deixar para depois o restante da explicação acerca da nova forma de influir na condução da humanidade.

— Estruturas mentais complexas, à medida que se transferem para o hospedeiro virtual, exacerbam cada vez mais a dependência das pessoas em relação à internet e às mídias sociais. Esse é o tipo de gente que poderá contribuir, em futuro próximo, com os projetos desenvolvidos por nossos técnicos, os quais objetivam tornar a raça humana mentalmente imprestável para tarefas expressivas no seio da espiritualidade. Além do mais, visam criar uma geração de pessoas imbecis, inseguras fora do ambiente virtual, dotadas de cultura superficial e incapazes de se aprofundar em conceitos considerados elevados demais para essa geração.

O príncipe sorriu sorrateiramente ante a explicação de Ziam. Os pensamentos de Lucius voaram longe, tendo em vista o projeto hediondo em andamento.

— É claro, alteza infernal, que tivemos de fazer algumas concessões aos magos negros em ação no norte polar e na Ásia subpolar. Afinal, detêm conhecimento milenar invejável, e foram eles que assumiram, primeiramente, os grandes laboratórios situados entre as dimensões. São instalações que haviam sido abandonadas pelos antigos lemurianos, num local desconhecido dos encarnados, exatamente nas zonas de libração.

Lucius ouvia atentamente as explicações da potestade com quem dialogava. Era muito importante entender cada etapa em plenitude, pois apenas ele, um dos mais temidos ditadores do abismo, saberia alinhavar todas as peças. Habituara-se a dividir os planos e confiar porções deles a partidários estranhos entre si. Somente à medida que cada um realizava suas atribuições, ajuntava tudo e, assim, colocava o projeto em execução.

— Na prática, senhor das profundezas — disse o ser de natureza híbrida —, o processo não passa de uma obsessão generalizada, em âmbito mundial. As imagens, as mensagens, as sugestões e as impressões implantadas constituem, na verdade, intervenções psíquicas de caráter cirúrgico, cujo enfoque são os arquivos mnemônicos sutis. Como estes se situam em campos multidimensionais da estrutura psicofísica humana — portanto, que sobrevivem à morte do corpo —, tal operação afeta, também, o período entre vidas e se lança nas próximas reencarnações dos alvos. Considero recurso eficaz para influenciarmos políticos, autoridades e formadores de opinião tanto nesta quanto nas próximas existências.

Ziam pausou por pouco tempo a explicação acerca do processo que se desencadearia em breve, mas que já era testado em várias frentes. Enquanto isso, o principado caminhava de um lado para o outro com o olhar soturno, indevassável, e formulava pensamentos em trilhas desconhecidas pelos viventes da Terra.

O alcance dos planos infernais era assustador. Quem pudesse observar a fisionomia do príncipe das regiões profundas do abismo veria o esboço de um riso diabólico. A potestade, por sua vez, denotava intensa atividade cerebral, além de paixão pelo assunto de sua exposição.

— Vossa Alteza, gostaria de tecer, ainda, alguns comentários sobre a ação da tecnomagia, como bem a denominam os senhores da escuridão, os magos.

Lucius consentiu com um movimento da cabeça.

— Como sabe, o teste que tem sido engendrado pretende abalar sentimentos, pensamentos e emoções dos encarnados em seus fundamentos, provocando um choque. Após a eclosão desse evento, eles serão impelidos ao ambiente da internet, onde procurarão, ávidos, por informações. Em larga medida, encontrarão apenas contradições e inconsistências. Eis o momento em que atuaremos com desenvoltura ainda maior. Faremos a operação cirúrgica, isto é, invasiva no corpo mental das pessoas. Tudo está em vias de preparação, devidamente. Os equipamentos tecnológicos desenvolvidos por nós procederão à transferência ou à irradiação dos arquivos mentais modificados pelos senhores da escuridão, durante o período de extraordinário consumo de conteúdos na internet. Em segundo plano, da mesma forma, esse quadro favorecerá o implante de emoções previamente programadas.

"Esse bloco de informações formatadas, à semelhança de uma sugestão hipnótica, suscitará processos mentais altamente tóxicos no enorme contingente de pessoas que estarão, em boa medida, viciadas no alimento virtual. Essa etapa, no entanto, dependerá da recepção ao inimigo invisível e do consequente impacto causado por esse flagelo que assolará a humanidade."

O príncipe sabia que este era apenas um ai.[3]

— O segundo ai desencadeará uma série de acontecimentos que marcará a derrocada da civilização de uma vez por todas.

Os dois seres, de naturezas tão díspares, entreolharam-se com um riso malévolo na face. Depois de uns poucos instantes, Ziam se recompôs. Ele, um dos treze agêneres que circulam entre os homens como conselheiros e assistentes em esferas de poder temporal, ressaltou o plano demoníaco:

— Toda dependência, não importa de que ordem seja — mental, física ou emocional —, dificilmente é admitida por quem dela padece. No caso em questão, em que pretendemos influir sobre as massas ao redor do mundo, a internet é o melhor instrumento para nos servir. O processo descrito

---

3. "O primeiro ai passou; dois outros ais ainda estão por vir." — Ap 9:12 (NVI). Cf. Ap 11:14.

traz, ainda, outras vantagens, pois favorece bastante a perturbação das emoções, bem como o surgimento de situações complexas, alheias ao projeto reencarnatório de inúmeras pessoas.

"No que tange à manipulação de informações, levada a cabo por nossos aliados no plano físico, os quais ocupam diversos postos, a imprensa e a mídia serão as melhores ferramentas ao nosso dispor. Entre outros benefícios, permitirão influenciarmos os espiritualistas e os religiosos a decretarem, na prática, a falência de suas instituições, pois se retrairão, com medo e pânico, demonstrando inépcia para enfrentar o momento decisivo de desafios coletivos. Incapazes de dar resposta condizente às necessidades humanas, estarão à mercê do temor e da covardia, disfarçados de prudência, cuidados e respeito às leis. A despeito do clamor dos fiéis, estes serão legados ao desamparo, ficando apartados do recurso que poderia livrá-los de nossa sanha.

"De toda forma, induziremos o povo e os espiritualistas em geral a se lançarem em fontes de falsas informações, a sujeitarem-se a manipulações e lavagens cerebrais, enquanto a situação política, econômica e social se deteriorará gravemente. A partir de então, todos os modelos serão refeitos."

Lucius se pôs a refletir sobre quem era mais maligno: ele, como príncipe do averno, ou seu interlocutor, um espírito milenar, um agênere forjado a partir de elementos de dois mundos e dirigido por uma mente diabólica. Ziam entendeu um pouco das irradiações da mente do principado, poder estabelecido pelos *daimons*; todavia, não quis tocar no assunto e continuou:

— Convém notar um dos objetivos desse tipo de interferência mental e emocional, criada a partir da imersão em aplicativos, em programas de teor hipnótico e, por conseguinte, em conteúdos subliminares transmigrados de nossa dimensão para a alma dos viventes. Refiro-me à constante intromissão no sistema nervoso das pessoas, acarretando o aumento da incidência de perturbações de grande vulto não só na fisiologia orgânica, mas, também, na fisiologia energética e astral. O prejuízo atinge, sobretudo, o âmbito da mente e suas conexões complexas, gerando reflexos imediatos no campo comportamental e na saúde psíquica e emocional.

"Um dos poucos óbices à nossa frente diz respeito àqueles resistentes ao uso da tecnologia. Urge rastreá-los, pois entre eles lograremos identificar os seres do espaço que corporificaram no planeta e, em virtude de sua natureza, opõem certa resistência à nossa técnica. Há, ainda, naquele grupo, alguns representantes da infame política do Cordeiro, que se mostraram menos ou mais imunes à nossa ingerência. Portanto, é essencial localizá-los, a fim de que neutralizemos qualquer contra-ataque capaz de impedir ou reduzir nossa supremacia no mundo."

Não havia dúvida de que a estratégia a ser levada a efeito pelos especialistas em tecnomagia era altamente sofisticada e afetaria fortemente a vida dos encarnados na superfície. As explicações de Ziam fizeram com que escapasse às cogitações do principado a visão que tivera do imortal momentos antes. Mergulhado em pensamentos de poder e de manipulação, e na tática de guerra que seus súditos desenvolveram em meio aos fluidos do submundo, esquecera-se de que os habitantes da Terra não estão sós. Tampouco considerou que os guardiões nunca dormem em serviço.

— Isso não é tudo, meu senhor. Em breve surgirão novas tecnologias, tais como implantes neurais e *chips*, entre outros tipos de microtécnica, a pretexto de aumentar o potencial mental e a segurança dos encarnados. Além do mais, a chamada inteligência artificial florescerá e se tornará, gradativamente, autoprogramável. Isto é, logo será capaz de se replicar sem o concurso humano e, à medida que crescer o volume de informações armazenadas, tomará decisões à revelia de quem quer que seja.

"Enfim, tudo tem sido preparado minunciosamente. Acredito que exista vasta gama de fatores favoráveis ao surgimento de uma nova ordem mundial, que se estabelecerá de vez sobre a Terra."

O príncipe do averno ouviu atentamente as informações e suspirou em regozijo. Em alguns instantes, recitou:

— "E toda a Terra se maravilhou após a besta...".[4]

"E da boca do dragão, e da boca da besta, e da boca do falso profeta vi saírem três espíritos imundos, semelhantes a rãs. Porque são espíritos de demônios, que fazem prodígios; os quais vão ao encontro dos reis da Terra e de todo o mundo, para os congregar para a batalha, naquele grande dia do Deus Todo-Poderoso."

— Apocalipse 16:13-14 (ACF)

---

4. Ap 13:3 (ACF). Cf. *"Todo o mundo ficou maravilhado e seguiu a besta.* Adoraram o dragão, que tinha dado autoridade à besta, e também adoraram a besta, dizendo: 'Quem é como a besta? Quem pode guerrear contra ela?'."

— Ap 13:3-4 (NVI, grifo nosso).

CAPÍTULO 9

ERA INTERMEDIÁRIA

euniram-se todos: os guardiões, os humanos desdobrados que foram chamados de última hora para auxiliar os representantes da justiça divina e o próprio Jamar. Acompanhado de sua comitiva pessoal, ele e Watab estavam absortos nos conflitos em curso no planeta Terra. Congregaram-se vibratoriamente num amplo salão feito de matéria extrafísica, erguido pela engenharia sideral numa dimensão próxima à crosta; mais precisamente, em local correspondente a um dos picos mais elevados da cordilheira do Himalaia.

Nem todos os médiuns desdobrados detinham conhecimento e destreza suficientes para agirem mais livremente nos ambientes além da matéria densa. Cada qual guardava certas características psíquicas e um conjunto de facilidades ou dificuldades em interagir com a dimensão extrafísica. A despeito de tudo isso, quase todos contribuiriam como baterias vivas, fornecedores de ectoplasma, para que os guardiões e seus agentes mais próximos e experientes pudessem agir, de modo a interferirem até mesmo fisicamente nos fluidos densos da matéria terrestre. Haviam sido como que arrastados para fora do corpo físico e demoraram longo período até se ajustarem àquilo que, segundo lhes parecia, beirava o fantástico.

Rompendo a barreira intangível aos humanos, que separa as dimensões, os guardiões ganhavam contornos, à visão dos desdobrados, de seres de um mundo estranho e facilmente eram confundidos com extraterrestres, devido à variedade de credos e à imaginação fértil de quem vinha da morada dos homens. Em todo caso, não havia tempo para selecionar indivíduos despidos de manias, de preconceitos e de crenças arraigadas, os quais pudessem apenas ajudar, sem interferir. Os amigos da humanidade precisavam de toda ajuda disponível, tanto dos agentes quanto de muitos outros capazes de interagir, em algum nível, com o ambiente extrafísico e mesmo crosta a crosta. Alguns seres de outros mundos — poucos, aliás — também participavam do conclave, que promovia uma interação para muitos inimaginável entre povos, culturas e especialidades, formando uma força-tarefa invejável, sob a tutela dos guardiões superiores.

Em meio a tudo aquilo, uma empreitada vultuosa estava em pleno andamento nas adjacências do orbe. A base lunar dos emissários da justiça vinha sendo transferida de domicílio; migrava das entranhas do espaço extrafísico da Lua para as proximidades do Sol, onde orbitaria indefinidamente. A iniciativa fora desencadeada mais de cinco anos antes. Todos os pormenores haviam sido calculados por exímios cientistas siderais, com a ajuda de alguns povos estelares interessados na implantação da nova base solar dos guardiões. Um dos objetivos principais dessa providência era obter recursos energéticos diretamente do astro-rei, fonte para todos os efeitos inesgotável, a fim de eliminar o risco de exaurirem-se as reservas naturais menos abundantes. Além do mais, visava-se coordenar, da forma mais abrangente possível, os aspectos ligados ao degredo planetário, isto é, à seleção entre espíritos que permaneceriam na Terra e aqueles que seriam conduzidos a outro cenário cósmico.

A ordem para tal mudança partira diretamente das superconsciências diretoras do orbe terrestre, buscando imprimir maior dinamismo aos eventos cósmicos que em breve se tornariam mais patentes aos habitantes do mundo. Tudo acontecia em simultâneo e sob a batuta do poderoso arcanjo solar, Miguel, o qual se reportava diretamente aos dirigentes e aos orientadores evolutivos do Sistema Solar. Nenhum detalhe passaria despercebido. Nada seria esquecido; nem mesmo os esforços dos "príncipes das trevas deste século"[1] para instituir o processo de imbecilização da humanidade, moldando-lhe as ideias e a maneira de pensar,

1. Ef 6:12 (ACF).

de sentir, de perceber e interpretar a realidade.

Sendo assim, a execução dos planos dos principados tornara-se ainda mais difícil quando, enfim, notaram que não estavam sozinhos, estivessem quer isolados nas cavernas, quer nos gabinetes de muitos governos. Afinal, além de especialistas convocados por Jamar e Watab, expressivo contingente de guardiões se deslocara para diversas partes do mundo. Faziam-se acompanhar, algumas das comitivas, de encarnados desdobrados, embora não houvesse razão para que estes guardassem recordação dos eventos vividos na esfera extrafísica.

Havia igualmente, e de modo notável, as presenças do próprio Jamar e de Anton, que conseguiam vigiar os acontecimentos no panorama espiritual próximo à crosta e, ao mesmo tempo, coordenar, dar diretrizes e acelerar a transferência da base principal dos guardiões para a órbita solar. Ambos, ainda que tenham se corporificado na Terra num ou noutro momento pretérito, revestiam-se de uma força mental tão extraordinária que por vezes eram confundidos com seres do espaço, muito embora pouco importasse sua procedência sideral, pois eram consciências esclarecidas e extremamente comprometidas com os ideais da humanidade no que concerne à evolução patrocinada pelos espíritos diretores do orbe.

GRADUALMENTE, A ORGANIZAÇÃO do Tratado do Atlântico Norte (Otan) expandira sua abrangência, aproveitando o tempo de suposta paz. Certas nações foram admitidas como membros, sobretudo na Europa Central e nos Bálcãs, além dos três países bálticos. Por conseguinte, tornaram-se aliados da potência odiada e, ao mesmo tempo, temida pelo bloco mais bem-armado do Oriente, que passou a se sentir acuado. Afinal, a expansão da Otan rumo ao leste significava que o Ocidente cravara suas garras na antiga área de influência soviética, junto às portas da histórica rival, a terra dos czares.

De todo modo, nenhum dos acontecimentos passa despercebido pelos guardiões superiores, nem sequer pelas inteligências extrassolares, que começaram a se inquietar ante os lances que se esboçavam no horizonte. Contudo, os homens, os políticos do mundo, jamais pensavam em termos mais abrangentes, tampouco nas conexões mentais e espirituais que compunham um emaranhado de fios, de ensinamentos e de ideias a transitar entre as duas dimensões da vida.

Ao regressarem ao corpo físico depois de alguns períodos noturnos nos quais se submetiam às mentes adestradas de exímios manipuladores extrafísicos, as autoridades encarnadas, magnatas e homens de poder, não guardavam, com raríssimas exceções, lembranças do que ocorrera durante o transe magnético ao qual se sujeitavam noite após noite. À medida que recebiam a influência dos principados e de seus asseclas, no entanto, exprimiam com mais clareza o conteúdo impresso nas telas sensíveis dos corpos espirituais por meio de seus atos. A ação intelectual almejada, então, tornava-se mais e mais perceptível, e assim os desdobramentos pretendidos se sucediam gradativamente no intricado jogo político internacional.

JAMAR ORGANIZOU PESSOALMENTE a distribuição dos guardiões nas diversas longitudes do planeta, tendo em conta a influência e a manipulação a que os comparsas encarnados dos maiorais se sujeitavam, muitas vezes por meio da adesão direta e voluntária, levando a cabo planos e estratégias da dimensão sombria. Era o caso de governantes e ditadores como Vladimir Putin, Kim Jong-un e Sayyid Ali Hosseini Khamenei,[2] além de outros

2. Vladimir Putin (1952–) está à frente da Rússia desde 1999, ora como presidente, ora como primeiro-ministro, e é o mais longevo mandatário russo desde Josef Stálin, que exerceu o posto de 1924 até sua morte, em 1953.
Kim Jong-un (1983?–), no poder desde 2011, representa a terceira geração da dinastia Kim, que comanda a Coreia do Norte desde sua fundação, em 1948.

da América Latina, que, longe de serem coagidos, abraçaram o projeto tirânico de forma deliberada. Afinal, visavam a determinado estado de coisas, isto é, a uma nova ordem mundial, na qual figurariam como aliados preferenciais dos senhores do submundo.

Evidentemente, tais homens já pertenciam, desde muito antes, ao núcleo de poder do qual os principados e seus sequazes faziam parte. Quando um representante dessa organização se corporifica, outras inteligências extrafísicas assumem o posto vago e permanecem à frente das incumbências legadas pelas autoridades malignas. Depois, os que desempenharam sua missão no plano material abandonam o corpo perecível e regressam às dimensões inferiores. Então, aqueles que lá ficaram mergulham na carne a fim de sucederem os apaniguados nas realizações em andamento. Portanto, mudam-se as feições e os nomes dos personagens, mas é seguro afirmar que, em larga medida, são os mesmos protagonistas de outrora, os quais, de vida

---

Ali Khamenei (1939–) ocupa o cargo de líder supremo do Irã desde 1989, país que presidiu de 1981 até alçar à posição máxima como sucessor do Aiatolá Khomeini. Sayyid, ou Saíd, é um título honorífico concedido àqueles reconhecidos como descendentes do profeta Maomé.

em vida, levam avante a programação dos dragões, os maiorais das regiões ínferas.

Com o auxílio de Watab, Kiev e Dimitri, Jamar direcionou seus atalaias para assumirem posições estratégicas em diversos departamentos dos governos mundiais, incluindo, ainda, um grupo seleto dos que se julgam donos do poder.

— Ao depararmos com as importantes barreiras que encontraremos quando enfrentarmos determinados focos de poder entre os homens, convém lembrar o seguinte. Sofisticado aparato foi montado, levando em conta tanto seres da escuridão quanto encarnados, no intuito de proteger aqueles que temporariamente desempenham o papel de marionetes, sob o comando dos principados — acentuou Watab, rompendo um longo silêncio tão característico dele.

Assim dizia justamente no momento em que se aproximaram do Kremlin, em Moscou, sede do governo russo e o mais célebre dos *kremlins*, fortalezas históricas espalhadas pelo país. Prosseguiu um dos comandantes com autoridade mais abrangente entre os guardiões:

— Observem com atenção — apontava para o contingente de soldados e agentes à paisana, que caminhavam furtivamente e sumiam, adentrando portas disfarçadas nas construções. Cumpriam compenetrados suas funções, extremamente atentos a tudo o que acontecia ao redor. — Concentrem o olhar sobre os seres extrafísicos e os demais elementos astrais. Notarão estarem dispostos conforme a necessidade de proteção do governo — arrematou Watab, enquanto Jamar aproximava-se com outro destacamento de sentinelas.

Em silêncio, todos constatavam que uma estranha tecnologia parecia fazer parte dos instrumentos de segurança ali presentes. Transitando em meio ao batalhão de homens e mulheres de várias especialidades, havia seres inumanos, extrafísicos e extraplanetários, todos imbuídos de propósitos nada altruístas ou que contemplassem a evolução da humanidade. Jamar mirou Watab de modo significativo, procurando conceder tempo para que os demais guardiões travassem contato com a realidade nua e crua que os cercava.

— Não podemos, em nenhuma hipótese, menosprezar o que se passa aqui, tal como se dá em outros lugares do orbe. Não basta apenas uma atitude por parte dos guardiões para deter a marcha dos acontecimentos desencadeados previamente. Como já dissemos antes — enfatizou Jamar —, as escolhas já foram feitas pelos filhos da Terra, inclusive por muitos daqueles que se julgam bons ou se preocupam com o chamado bem.

"De modo geral, prevalece o que dizem as Escrituras: 'o que há de vir virá, e não tardará'.[3] Não obstante, compete-nos infiltrar nossos especialistas e agentes com muito cuidado em meio a toda esta organização. Assim, lograremos amenizar os efeitos e as repercussões do que tem sido engendrado, em vários gabinetes ao redor do mundo, pelos que detêm poder para influenciar a humanidade de acordo com seus desígnios nefastos."

— Então está a nosso alcance fazer bem pouco no caso dos eventos vindouros? Não podemos anular as fortalezas das trevas e impedir que realizem o mal que programaram? — questionou um dos homens desdobrados que acompanhava de perto a ação dos guardiões.

— No contexto atual, a maioria da população se encontra adormecida e hipnotizada, rendida à manipulação e, ao mesmo tempo, ansiosa por salvadores que a eximam de esforços, mas apresentem soluções miraculosas. Enquanto perdurar esse quadro, não podemos fazer mais do que a justiça divina nos permite.

Foi então que Dimitri, entrando na conversa, acrescentou:

— Muitos fenômenos históricos e de conotação

---

3. Hb 10:37 (ACF).

escatológica já estavam previstos no percurso desenhado para a humanidade palmilhar. Não que uma força soberana tenha traçado caminhos árduos ou de sofrimento por mero capricho para seus pupilos terrenos. Na verdade, os próprios filhos, displicentes e levianos, fizeram conluios, aceitaram propostas comprometedoras, firmaram contratos ao longo de décadas e até séculos... Como se não bastasse, escolheram mal seus representantes, reiteradas vezes, e se calaram covardemente diante de injustiças e abusos, tornando-se coniventes com o panorama que se esboça no horizonte. Por tudo isso, acredito que, de forma alguma, a nenhum ser do universo é dado impedir os filhos insensatos de determinado mundo ou país de colherem a justa medida das próprias escolhas ou daquilo que semearam.

"Além do mais, ao analisarmos a situação que desponta na paisagem terrestre, não podemos ignorar que tudo já foi previsto no grande plano. Um roteiro, talvez, deixado exclusivamente com a finalidade de alertar aos que tiverem olhos para ver e ouvidos para ouvir quanto aos acontecimentos do porvir.

"Aliás, a própria ação dos guardiões superiores foi predita como um fator de misericórdia, em função dos que despertavam espiritualmente. Escreveu o evangelista: 'Se aqueles dias não fossem abreviados, ninguém sobreviveria; mas, por causa dos eleitos, aqueles dias serão abreviados'."[4]

— O grande problema em ideias e comentários com esse viés — foi a vez de Kiev interferir — é que as pessoas, em regra, não se dispõem a personificar ou a ser veículo da mudança que elas mesmas apregoam. É claro que todos são livres para pensar o que quiserem, mas me parece incoerente anelar por uma intervenção em âmbito planetário, nas instituições globais, sem estar inclinado a abdicar de vantagens e posições confortáveis, tampouco sem se caracterizar como agente genuíno de transformação. Muito mais cômodo é questionar por que os guardiões não fazem isto ou aquilo, não resolvem a questão da fome ou da guerra e inúmeros desafios vistos ali e acolá.

"Diante dessa atitude, pergunto-me: qual é a parte que compete a cada um na transformação terrestre? Quais são as aspirações efetivamente cultivadas? Como se tem agido ou o que se tem feito de concreto para ajudar o orbe, nossa morada cósmica? Os guardiões constituem apenas uma das forças organizadoras da evolução e dos fenômenos globais. Os humanos encarnados, tanto quanto os desencarnados, compõem um poder considerável;

4. Mt 24:22 (NVI).

caso a maioria fizesse sua parte e não se furtasse às responsabilidades nem se filiasse a movimentos enganosos, a pretexto de prestar suposto auxílio, tampouco usasse templos para se esconder, a realidade seria bem outra. Volto, enfim, ao questionamento primordial: qual parcela cabe a cada um? O que cada qual faz a fim de auxiliar, de debelar a desordem que detecta por todo lado e de aprimorar o contexto em torno de si?"

Jamar fitou Kiev de maneira diferente ao ouvir o comentário. De todo modo, ficou bem entendido pelos agentes, cuja presença se dava mediante o desdobramento astral, que ainda restava muito a realizar antes que uma solução mais abrangente pudesse ser alcançada. O desafio, de fato, era que essa solução ganhava contornos globais, pois somente fenômenos mais drásticos seriam capazes de desencadear o processo cirúrgico a que a Terra fazia jus. Em suma, não havia mais meios de retardar a precipitação desses acontecimentos no plano terrestre. Grande transformação estava em curso nos dois lados da vida, em todas as dimensões. O tempo dos principados se esgotava e, ante essa constatação, eles lançariam mão de quaisquer artifícios para arrebanhar o maior número possível de pessoas para suas fileiras.

Enquanto todos confabulavam, Watab e Jamar

posicionavam sentinelas onde quer que houvesse tentáculos do governo nacional a que dedicavam atenção naquele momento. Foi este quem retomou a palavra e disse:

— Não se esqueçam, amigos encarnados: lugares como este aqui, onde se abrigam personalidades tão comprometidas como as demais que visitaremos a partir de agora, estão protegidos por tropas inteiras e por um aparato de defesa invulgar, elementos que coíbem a abordagem direta da parte de vocês. Para além disso, mesmo nós, que vigiamos do lado de cá da barreira das dimensões, somos forçados a respeitar as escolhas da população e levar em conta o processo cármico a que cada país está sujeito. Portanto, não nos é lícito afastar o banquete das consequências, ou seja, a colheita concernente a cada nação. Como emissários da justiça, agimos sempre dentro das possibilidades que a suprema lei nos faculta.

A partir daquele instante, os especialistas de Jamar e Watab se distribuíram por prédios, departamentos e escritórios do Kremlin, abrangendo raio bem maior do que aquele por onde circulava o chefe de estado. Afinal, ele não agia sozinho e havia muitos homens corresponsáveis perante a justiça divina, os quais comungavam da sede de poder desmedido.

Daquele local, os guardiões rumaram a outras nações: China, Irã, EUA, Coreia do Norte, Israel, Brasil, Argentina, Colômbia, Venezuela e algumas mais. A proposta era reproduzir plano similar nesses países, com adaptações à realidade de cada um deles. Levariam a estratégia, elaborada em minúcias pelos especialistas, inclusive a estados onde aparentemente não havia conflitos iminentes. De uma latitude a outra, visavam estabelecer ou reforçar bases nos lugares onde surgiriam perigos, pois eram como barris de pólvora prestes a explodir. Em toda confluência onde houvesse sombra de conflito que pudesse acender o estopim de um evento catastrófico, os sentinelas se posicionariam. O mundo nunca fora tão policiado quanto naquele período de severas mudanças. Foram acionados até mesmo os guardiões que zelavam pelos fenômenos naturais, os quais poderiam desencadear situações de difícil resolução para os habitantes terrícolas.

— Já enviei um comunicado às cidades e às metrópoles extrafísicas situadas próximo à crosta para acelerarem os preparativos de reurbanização e de ampliação de suas instalações, em todos os departamentos, de hospitais e casas de apoio a escolas e abrigos. A instrução também pede que adaptem e aprimorem a força de trabalho, a fim de que ajudem quando deixarem a superfície os habitantes que passarão pela grande tribulação. — A informação dada por Watab chegava mediante conversa com Anton, o qual, em silêncio, fixou Jamar e assentiu com a cabeça, como quem se despede. Em seguida, partiu, no intuito de acompanhar o processo de transferência da base principal dos guardiões para o Sol.

Os guardiões indicavam saber muito mais do que deixavam transparecer em seus comentários. De onde haviam captado tantas informações, além do que seus agentes infiltrados lhes trouxeram? Alguém de outra dimensão porventura lhes transmitira o conhecimento que denotavam ter a respeito dos eventos que se avizinhavam da Terra? Como Jamar aparentava transitar tão bem levando-se em conta as ameaças do porvir? Como conhecia em tamanha profundidade a história e a geopolítica terrestres? O amigo da humanidade permanecia calmo, apesar de todo o movimento dos especialistas indo e vindo entre as nações. Estranhamente tranquilo, não parecia deixar-se abalar com os resultados apurados nas pesquisas e nas observações dos representantes da justiça soberana.

— Devemos nos adiantar em nossas ações, meus amigos — falou Jamar para os guardiões —, pois eventos drásticos moldarão a próxima etapa desta era transitória já inaugurada, na qual adentramos.

Somando-se a fenômenos climáticos e atmosféricos catastróficos, o processo de imbecilização da humanidade está em pleno andamento. Enquanto muitos de vocês trabalham vinculados aos gabinetes nacionais e internacionais dos poderosos, é crucial que nos mantenhamos atentos às pessoas-chave que ocuparão o lugar deles em breve, visando ao auxílio e ao reerguimento da humanidade.

Os relatórios recebidos por Jamar, embora contivessem más notícias quanto à ação terrífica dos principados e dos seus aliados encarnados em posições estratégicas, não maculavam o semblante nem abalavam o íntimo de quem era o braço direito de Miguel. Para a maioria dos agentes desdobrados, e mesmo para alguns sentinelas menos experientes, Jamar permanecia um personagem enigmático. Não entendiam como podia exercer o papel de representante máximo dos guardiões — cargo que o forçava a encarar a situação inquietante e caótica que se desenhava no horizonte — sem perder a calma e a serenidade. Quase frio demais, expedia ordens para todos agirem em consonância com os projetos traçados por estrategistas indicados especialmente pelo príncipe dos exércitos celestes.

Por sua vez, os do círculo mais próximo a Jamar, como Kiev, Dimitri, Watab, Semíramis e Astrid, demonstravam saber algo além do que os humanos desdobrados conheciam e até em comparação com os demais atalaias que acompanhavam seu comandante. Estavam todos em meio a uma guerra sem precedentes na história terrena, mas — ou, talvez, por isso mesmo — os outros tinham muitas dúvidas. Resolveram, assim, aproveitar o tempo disponível com a presença de Jamar e Watab para elucidações, a fim de que pudessem trabalhar com mais conhecimento de causa e maior chance de acerto.

Captando os pensamentos dos agentes que se preparavam para o serviço, Watab resolveu se manifestar, embora conferisse um tom mais descontraído à sua fala, procurando evitar dar ênfase a questões que pudessem perturbar os ânimos.

— Bem, amigos, todos vocês sabem o gênero de problemas que enfrentaremos. Os obstáculos de múltiplo caráter que têm despontado nos céus da humanidade impõem à sociedade uma perspectiva com consequências sérias. São desafios de ordem distinta, tanto nas esferas física, econômica e social como no âmbito espiritual. Quando consideramos que as questões espirituais andam intimamente ligadas a tudo quanto ocorre nos dois planos da vida, podemos imaginar um mundo altamente complexo, onde habitantes de duas dimensões se influenciam mutuamente e dois universos interagem entre si. A grande maioria nem ao menos está consciente da outra realidade, logo, concluímos estarmos mergulhados naquilo que já foi descrito como maia, a grande ilusão da vida — ilusão que é fruto de uma hipnose coletiva.

"A humanidade sempre superou as crises e os abalos sofridos, sempre se reorganizou e modificou a rota, ainda que com muito esforço e dedicação. Isso sugere que teremos bastante trabalho neste novo avanço rumo a um mundo melhor.[5]

"Sob essa perspectiva, quando analisamos este momento de transição, podemos afirmar que o cenário futuro assinala ao menos duas tendências. A primeira diz respeito à compreensão acerca daquilo em que consiste esse *mundo melhor* ou, mais exatamente, de quais são as etapas para que ele se estabeleça. Frequentemente as pessoas acreditam — e, de fato, esperam — que a civilização progrida em

---

5. A expressão *mundo melhor* deve ser compreendida no contexto daquilo que a filosofia espírita denomina de *lei do progresso*. "Sendo o progresso uma *condição da natureza humana*, ninguém tem o poder de opor-se a ele. *É uma força viva*, que as más leis podem retardar, mas não sufocar." (KARDEC. *O livro dos espíritos*. Op. cit. p. 475-476, item 781-a, grifo inicial nosso.) "Há o progresso regular e lento que resulta da força das coisas. Quando, porém, um povo não progride tão depressa quanto deveria, Deus o sujeita, de tempos em tempos, a um abalo físico ou moral que o transforma." (Idem, item 783.)

direção a um contexto cada vez mais justo e acolhedor. Talvez este seja o fim máximo, o desfecho de toda mudança. Entretanto, a sabedoria popular ensina que a natureza não dá saltos.[6]

"Dessa forma, pode ser traçada uma analogia pertinente com uma edificação que passa por reforma ou reconstrução. Por mais que o imóvel pronto venha a oferecer conforto e comodidades, esses elementos estão absolutamente ausentes na fase de obra, que é caracterizada por percalços e imprevistos, produz sujeira e entulho, exige muito trabalho, padece de atrasos, extrapola orçamentos e, por isso mesmo, é extenuante. Sem contar que, malgrado todo o empenho, nem sempre o resulta-

---

6. "Existe uma convicção muito errônea, alimentada por grande número de espiritualistas, que dá conta de que o mundo *regenerador* seja um mundo *regenerado*, isento de problemas. Nada disso! Talvez o uso largamente difundido da expressão *de regeneração* — também adotada pelo próprio codificador, mas na minoria das vezes —, em vez do termo *regenerador*, contribua para o equívoco." (PINHEIRO. *Os viajores*. Op. cit. p. 135-136.) Esclarece o espírito Santo Agostinho: "Os mundos *regeneradores* servem de transição entre os mundos *de expiação* e os mundos *felizes*. [...] Mas, ah! [naqueles] mundos o homem ainda é falível e o espírito do mal não perdeu completamente o seu império". (KARDEC, Allan. *O Evangelho segundo o espiritismo*. Rio de Janeiro: FEB, 2011. p. 88-89, cap. 3, itens 17-18, grifos nossos.)

do reflete os pormenores do projeto com precisão...

"Agora expandamos a metáfora da obra, imaginando que instalações semelhantes entre si precisam ser erguidas nas mais diversas condições encontradas de norte a sul e de leste a oeste em nosso orbe. Em certa latitude, faz frio extremo e há vendavais severos; noutra, há chuvas torrenciais e calor escaldante; noutra ainda, observam-se ambos os climas, a depender da estação do ano. Ali, a mão de obra é familiarizada com o método de construção; acolá, nunca o viram de perto. Muitas outras diferenças poderiam ser enumeradas, todas exigindo engenhosidade e enorme dose de adaptação. A circunstância terrestre assemelha-se a esse mosaico, pois habitamos um condomínio espiritual, dotado de inúmeros blocos, departamentos e setores. Cada qual conta com moradores reunidos segundo a relativa afinidade existente entre eles — no mínimo, de caráter cultural —, e cuja convivência se dá em conformidade com as limitações associadas à sua capacidade de entendimento e de realização, de acordo com o seu desenvolvimento moral, intelectual e civilizacional.

"A segunda tendência aponta para um quadro semelhante ao de um espelho retrovisor, recriando um sistema de vida que deixamos para trás, muito embora seja eivado de características ainda mais desafiadoras e, provavelmente, deterioradas. Convém lembrar que a transformação que tem sido vista durante o que se convencionou chamar de momento de transição ocorre tanto na dimensão física quanto no panorama extrafísico. Entre os desdobramentos delicados desta fase, surge a crise urdida nas profundezas da subcrosta e no gabinete de poderosos do mundo, a qual pretende suscitar a mudança da ordem internacional vigente. Mais notável se torna a trama porque não encontra precedentes na história humana. O único ensaio de um fenômeno de abrangência global e, ao mesmo tempo, de natureza tão pérfida foi o circo grotesco armado a pretexto de uma pandemia, período em que a humanidade pôde vivenciar o controle social em escala jamais imaginada; aliás, tratou-se de um conjunto de experiências sociais com viés de subjugação mental e de indução comportamental.

"Desde então, iniciativas nessa direção ganharam fôlego entre os mandarins do mundo, e medidas aterradoras se forjam em seus círculos. O conluio entre governantes e os que regulam o fluxo de capitais lhes deixou claro que os benefícios estão assegurados e são mútuos, pois ambos aumentam seu poderio e obtêm a desculpa perfeita para confiscar fatias ainda maiores de riqueza da população e das empresas em geral, bem como para ceifar a liberdade que lhes resta.

"Reitero: dado o seu caráter e a sua extensão, a crise delineada para eclodir no plano físico não guarda nenhum paralelo na história planetária. Não existe nenhum tipo de evento, nada no passado que possamos adotar como métrica ou termo de comparação — e, por consequência, como fonte de inspiração para contra-atacar — na proporção do que ocorreu durante a pandemia."

Watab não era de muitas palavras, ao menos habitualmente. No entanto, algo na curiosidade de sua plateia deve ter mexido com sua disposição íntima, pois até a descontração pretendida ele deixara de lado, dando contornos graves ao discurso. Prosseguiu ele:

— Neste ponto, convém introduzir, em favor da clareza, um conceito ou uma distinção conceitual que nos foi sugerida por Ângelo, espírito inclinado às letras. Trata-se da diferença entre o que denominamos *nova ordem mundial* — a expressão coincide com certa noção difundida na crosta, embora a tomemos em sentido ligeiramente diferente — e o que ele propôs que seja chamado de *nova ordem internacional*.

"A última terminologia designa as questões políticas, geopolíticas e macroeconômicas, isto é, a matéria que é tema da imprensa diuturnamente e ocorre no plano *internacional*. Já a ordem *mundial* faz alusão ao aspecto humano, psicológico e espiritual do fenômeno. Concerne justamente à maneira de ver a vida, que é algo muito mais profundo e incisivo do que a transformação perceptível a que assistimos no palco das nações. Refere-se às causas do pensamento, ao jeito de pensar, e objetiva modificar o modo como o ser humano raciocina — adulterando, também, a forma como sente. Nessa magnitude, nenhuma interferência assim se registra nos anais da história terrestre.

A equipe de agentes ouvia com interesse e refletia sobre as informações trazidas, que lhe eram novas. Após algum silêncio, Watab continuou a exposição.

— Mediante o que se observa no plano extrafísico, é razoável inferir que estamos diante de uma tentativa de promover uma espécie de reinício de toda a civilização, um recomeço baseado em novas premissas. Talvez exista paralelo com a derrocada da Atlântida ou com o dilúvio bíblico, por exemplo; quem sabe, até com a debacle do império romano. A diferença crucial é que tais eventos, segundo a tradição, são largamente interpretados como mecanismos corretivos levados a efeito pela providência divina — o remédio amargo a um sem-número de abusos[7] —, ao passo que o recomeço proposto atualmente é engendrado nas profundezas ínferas, quando não em âmbito extraplanetário, dada a interferência de inteligências extrassolares. Logo voltarei a este último aspecto.

"Diante desse contexto e da nomenclatura apresentada há pouco, a grande pergunta é: porventura estará em curso uma espécie de formatação da sociedade humana por meio da instauração de uma nova ordem mundial? E mais: corremos o risco de as raízes civilizatórias serem apagadas ou adulteradas de maneira fundamental, a ponto de desaparecerem? Afinal de contas, se a humanidade perde a base ou o lastro cultural, ela perde a própria identidade.

"A hipótese a ser levantada mediante esse ques-

---

7. "A Atlântida enfrentou o fim de seu processo evolutivo em meio ao cataclismo físico, após a derrocada moral e espiritual que se abateu sobre a nação. O fenômeno cósmico que provocou o seu fim se precipitou em função da carga psíquica alimentada pela imprudência de seus habitantes. Apesar de haverem acumulado vastas experiências e adquirido conhecimentos invejáveis, acabaram se entregando ao império dos instintos e das paixões descontroladas, atraindo, com suas emanações, os eventos que lhes asseguraram o desfecho trágico." (PINHEIRO, Robson. Pelo espírito Alex Zarthú. *Gestação da Terra*: da criação aos dias atuais: uma visão espiritual da história humana. 2. ed. Belo Horizonte: Casa dos Espíritos, 2022. p. 150-151.)

tionamento, com fins de estudo, é considerar se o que está em curso não é justamente isso, de modo que a civilização perca suas referências e balizas e, assim, abdique de noções essenciais. Surgiria, como consequência, uma sociedade calcada em princípios completamente diferentes daqueles até então consagrados. Esse fenômeno precisa ser seriamente analisado.

"Seja como for, os guardiões não estão de mãos atadas ou como meros espectadores diante dessa programação funesta. Sabem que os senhores das trevas trabalham há milênios em função desse plano de reinicialização planetária, que visa derrogar a ordem vigente, introduzir novos paradigmas e instituir outra forma de ver, de pensar, de conceber a família, a sociedade e o mundo como um todo. Cientes desse processo patrocinado pelas trevas mais densas, os amigos da humanidade decerto tomam providências; todavia, atuam de maneira diferente daquela que mesmo muitos dos seus agentes esperam. Entre outros motivos, porque a resposta às investidas que vêm solapar as bases da civilização passa pelas portas da reencarnação.

"Vêm à tona outras perguntas quando pensamos na interação de espíritos com encarnados, às quais fiz alusão antes. Será que há também seres do espaço tomando partido nessa mudança radical, na implantação dessa nova ordem que assombra a humanidade? Será que os filhos dos homens agem tão somente entre si, sem ingerência externa, considerando os dois lados da vida? A julgar pelas movimentações que se verificam na dimensão extrafísica, tudo nos leva a crer que existem inteligências sombrias a dirigir o olhar para a Terra neste momento, pois têm interesse político, social, econômico e até mesmo espiritual na vida nos moldes em que doravante se dará no planeta. Esse fato guarda estreitas relações com as bases da nova ordem mundial, conforme a definimos."

Todos ficaram pensativos diante do que dizia o respeitado comandante entre os atalaias. Enquanto o ouvia, Jamar mantinha contato com Anton por via telepática, apesar da distância, e com outros auxiliares próximos que atuavam longe dali. Watab discorreu ainda um pouco mais, procurando concluir sua exposição.

— Notem que os incito a refletir a respeito de algo medonho que está em andamento, mas que não podemos descartar. Ser agente da justiça, afinal, implica lidar com a realidade de forma madura.

"Diante do que compartilhei, muitos podem se indagar acerca de quando tudo voltará ao normal — e é lamentável dizer que não se voltará ao normal. Isso porque as coisas nunca foram normais como as pessoas tendem a pensar... Jamais o mundo tornará a ser como era dez, quinze ou vinte anos atrás, meus amigos. Nosso esforço consiste em nos capacitar à medida que buscamos caminhos e apresentamos alternativas para enfrentar o estabelecimento da nova ordem internacional, bem como para prevalecer nesta guerra espiritual que a nova ordem mundial representa. Em meio às iniciativas, é preciso alertar nossos agentes quanto a estarem aptos, a depender da circunstância, a conviver com certas mentalidades que intentam instaurar na crosta. Convém avaliar inclusive a maneira de praticar espiritualidade; até isso será requerido em nome da tranquilidade necessária para levar avante o trabalho que nos compete.

"Alguns especialistas entre os guardiões classificam o momento atual como um divisor na história planetária. Determinados observadores da dimensão superior, estudiosos de fenômenos civilizatórios, referem-se ao que se sucede como uma grande crise, um evento cósmico de redefinição profunda, no contexto escatológico.

"Portanto, é preciso ter consciência da realidade: o mundo tal como o conheceram antes das medidas sem precedentes que a pandemia de Covid-19 suscitou, antes de toda a reviravolta causada pelas experiências sociais visando ao advento da nova ordem, aquele mundo não voltará a existir. Transformações muito radicais já ocorreram, como pode constatar o observador atento, e, como consequência, outras mudanças virão. Compete a nós nos preparar efetivamente para cumprirmos os projetos traçados pelos estrategistas do Alto, o que requer lutarmos não com as armas próprias das trevas, mas com o arsenal da luz — e logo entenderão a que me refiro."

Assim que Watab encerrou suas ponderações, voltou ao silêncio habitual. Por algum tempo, permaneceu introspectivo, enquanto cada um dos sentinelas ali reunidos, incluindo os encarnados em desdobramento, dirigiam-se às suas atividades. Antes que se dispersassem, contudo, Kiev resolveu acrescentar alguns comentários, pertinentes sobretudo para os agentes dos guardiões espalhados pela crosta. Foram poucas palavras, mas que calaram fundo na alma de todos os ouvintes.

— Os espiritualistas serão mais e mais abalados e surpreendidos com a natureza e a magnitude das mudanças globais, com o tamanho impacto que elas terão sobre a maneira de ver e de viver, bem como de trabalhar, de empreender e de sobreviver em meio aos cataclismos da crise mundial. Destaco particularmente os espiritualistas porque grande parcela deles alimenta ideias fantasiosas, românticas acerca do futuro. O futuro, no entanto, para ser portador de renovação, exige que se encarem as consequências do que se praticou no passado. É sobre esse solo revolto que se erguerá a base da nova civilização, e aplainá-lo é algo mais fácil de imaginar do que de fazer. Conforme modificações aconteçam, sejam nos campos jurídico, financeiro ou social, sejam no próprio modo de expressar a espiritualidade, elas provocarão circunstâncias por ora inimagináveis. Assim, muitas vezes os textos sagrados serão justificados quando asseveram que, naqueles tempos, "o amor de muitos esfriará"[8] — tal como a fé, eu acrescentaria.

"Os retrocessos já em curso e as deteriorações que se esboçam no horizonte provocarão reações consecutivas, em cadeia, semelhantes ao efeito dominó. Tão grande impacto exigirá revisão de rotas e de roteiro visando à sobrevivência da população. Refiro-me até mesmo à forma de realizar o trabalho nas esferas profissional, espiritual ou religiosa. Mudará drasticamente o modo de lidar e de interagir com as autoridades, os governos e as novas regras. À parte dos interesses colocados sobre a mesa, eclodirão métodos alternativos nas novas configurações de poder da humanidade. Como ad-

8. Mt 24:12 (ACF).

vertem os especialistas dos guardiões, presumimos enfrentar efeitos em cascata imprevistos nos ápices da crise, nesta fase que já adentramos, a qual denominam era intermediária."

CAPÍTULO 10

AMIGOS DA HUMANIDADE

mundo já registrava os primeiros anos de um novo século, de uma década particularmente desafiadora quanto aos lances da política humana e às escolhas que designariam as rotas a serem trilhadas pela humanidade. Não haveria de ser fácil viver no século XXI, em virtude das peripécias e dos percalços que assomavam em grande número e quase ao mesmo tempo. Era uma complexidade não vista no passado, ao menos em tamanho grau. Terremotos, erupções vulcânicas e, principalmente, maremotos eclodiam em lugares atípicos; o campo magnético terrestre sofria alterações; o Sol se comportava de forma não convencional... Tudo alarmava a população ao redor do globo. Aos fenômenos da natureza ajuntava-se o desenvolvimento tecnológico, com destaque para o advento da inteligência artificial, que impunha obstáculos inicialmente menosprezados, mas que assombrariam a civilização em futuro próximo.

Alguns anos antes, os guardiões já estavam a postos, cientes daquilo que se delineava no horizonte. Dedicavam-se a um planejamento para atenuar todas aquelas dificuldades e conseguir, de alguma maneira, preparar a humanidade para enfrentá-las.

KIEV RUMOU PARA LONDRES a fim de cumprir parte do plano que lhe fora confiado. Estava incumbido de evitar que certa pessoa sofresse um atentado fatal, justamente numa das cidades mais importantes do Velho Continente.

O guardião sobrevoou a capital inglesa, passando próximo a alguns monumentos, e pousou em determinada estação ferroviária, exatamente onde poderia avistar quando o tal homem aparecesse. Aliás, já havia pessoas à sua espera. Kiev deveria impedir a todo o custo que o alvo fosse assassinado, uma vez que, dali a alguns anos, ele seria pai de um personagem-chave, o qual trabalharia diretamente ligado aos guardiões e seria capaz de interferir de forma drástica nos projetos dos espíritos infernais. Trata-se de um dos especialistas, que reencarnaria dotado de valiosos recursos em âmbito psíquico, aliados à grande experiência em manejá-los.

— Andrew, assuma agora sua posição na linha de frente, porque vamos precisar de seus préstimos com urgência — disse Kiev.

— Certo, chefe! Conte comigo integralmente — respondeu o agente encarnado, que se dirigiu ao local apontado por Kiev, aguardando o momento de entrar em ação.

— Não se esqueça — tornou o guardião — de que estamos intervindo na dimensão física por meio do processo reencarnatório. Considerando o que tem sido tramado no submundo, urge lançar mão de uma medida audaciosa para combater os bárbaros seres das sombras. O renascimento de pessoas especialmente preparadas, que já deram mostras de fidelidade aos princípios defendidos por nossos superiores, sem dúvida se enquadra nessa categoria.

Da seguinte forma se passou a ofensiva dos emissários da justiça, a fim de se anteciparem às maquinações dos principados no submundo. À hora prevista, o protegido desembarcou em determinada plataforma, e Kiev apontou para ele, indicando a Andrew e aos demais da equipe quem era o homem esperado. Caso falhassem, parte importante do projeto dos guardiões estaria arruinada. Noutro ponto da estação, dois indivíduos trajando sobretudos negros destacaram-se repentinamente, indo ao encontro do alvo. A atuação de Andrew foi simples sob o ponto de vista da estratégia militar. Dirigiu-se velozmente até onde os dois homens caminhavam devagar, para não despertarem a atenção de quem pretendiam assassinar.

A futura criança não deveria nascer como filho de ninguém mais que não o protegido e sua esposa, por causa de certas propensões genéticas cuidadosamente identificadas pelos técnicos dos guardiões. Além do mais, a família fora selecionada devido ao tipo de educação que daria à prole. Esse aspecto era de capital importância para o projeto dos agentes da justiça, que consistia em formar um grupo de indivíduos encarnados munidos de capacidades notáveis, os quais fariam grande diferença no combate às sombras.

Andrew aproximou-se categoricamente dos dois homens com os dedos fechados e levou seus braços em direção ao ventre de ambos — que caminhavam lado a lado —, como se lhes desferisse socos simultâneos, caso não estivesse desdobrado. Uma vez que interpenetrava os dois assassinos, um punho em cada, Andrew simplesmente girou as mãos, movimentando-lhes a região do plexo solar. Quando recolheu de chofre seus membros, a dupla irrompeu em vômito abrupto e copioso, a ponto de exigir o socorro dos funcionários da estação.

Como alguém encarnado, Andrew gozava de uma propriedade que os espíritos desvinculados do corpo físico não têm, que é o fluido vital.[1] Dessa forma, sendo um sensitivo ectoplasta — isto é, doador de ectoplasma —, conseguia auxiliar intensamente quando o assunto era movimentar energias e interferir na matéria, fosse orgânica, fosse inorgânica. O agente se preparava para continuar junto aos dois homens, mas Kiev lhe fez um sinal de que parasse

---

1. Cf. "Princípio vital". In: KARDEC. *O livro dos espíritos.* Op. cit. p. 109-113, itens 60-70.

por ali. Afinal, já haviam conseguido debelar a ameaça imediata ao futuro pai de um emissário da justiça que, anos mais tarde, adentraria o mundo dos homens pelas portas abençoadas da reencarnação.

Agora competiria aos sentinelas dar prosseguimento ao projeto que haviam desenvolvido para aquele homem e sua família. Tais corporificações programadas reclamavam cuidado especial desde muito antes de se concretizarem, e também depois, no intuito de evitar interferências indevidas.

O Alto jamais abandona seus pupilos, independentemente das escolhas que façam. Mesmo que os agentes encarnados elejam outros caminhos e se afastem, o comando dos guardiões permanece velando por eles.

Não obstante, existem consequências inescapáveis quando alguém se desvincula deliberadamente do programa — que foi elaborado, muitas vezes, com sua própria participação como espírito — a pretexto de se associar a atividades que passa a julgar mais importantes ou até de caráter missionário. Uma delas é que, ao se desligar do projeto dos guardiões, sobretudo depois de ter havido envolvimento consistente, a pessoa torna-se alvo cobiçado pelos seres da escuridão. Assim, corre o risco seriíssimo de ser manipulada de modo sutil, a princípio, até ter a mente invadida por eles, que buscam aproveitar o conhecimento latente na memória espiritual do indivíduo para promoverem ataques às hostes do bem, em última análise resultando em algo maior do que a simples obsessão. Trata-se do projeto de imbecilização da humanidade, arquitetado e levado a cabo por hábeis cientistas do pensamento a serviço de principados e potestades, que permanecem cativos das ordens incutidas pelos milenares dragões.

ALGUNS ESPÍRITOS APROXIMAVAM-SE da Tailândia. Rumaram à capital, iluminada a ponto de ofuscar a visão das estrelas. Era uma comitiva de guardiãs liderada por Astrid, além de Raul, que fora chamado a participar da empreitada, e outros integrantes.

Tudo em Bangkok sugeria normalidade; por todo lugar, as coisas transcorriam na mais perfeita ordem. Notava-se a disciplina na atitude dos soldados que faziam o policiamento do centro da cidade e dos lugares onde havia maior concentração de pessoas. As casas noturnas despertavam grande interesse, oferecendo diversão por toda a madrugada, de modo que muita gente disputava o ingresso em bares, boates e locais semelhantes. Do ponto de vista de quem observava a metrópole de cima, tal como o destacamento de sentinelas que chegaram levitando nos fluidos mais ou menos densos da região, as luzes urbanas pareciam ligeiramente embaçadas, porém, não faltava a luminosidade necessária para que a população transitasse de um local a outro.

De maneira bastante incomum, adotando timbre de voz enérgico e com uma tenacidade que parecia irromper de seu interior, Astrid se dirigiu brevemente aos membros da comitiva. Mesmo que houvesse encarnados em desdobramento junto aos demais que coordenava, aquele era um agrupamento habituado a ela. Além do mais, a posição que ocupava se refletia em sua forma de agir, com as características militares próprias de um soldado do astral, a serviço do bem maior. Como soldado — ou oficial, na verdade —, era claramente entendida pela equipe, mas poderia ser mal interpretada por quem não estivesse acostumado nem atuasse sob o propósito de justiça dos guardiões superiores.

— Venham todos! Vou lhes transmitir a localização exata do alvo para onde partiremos em instantes. Concentraremos lá todos os nossos esforços.

Dizendo assim, Astrid distribuiu o endereço do lugar onde habitavam as pessoas que o agrupamento de sentinelas fora incumbido de guarnecer. Raul se espantou com o jeito de Astrid falar, e ela percebeu a preocupação do sensitivo, pois virou delicadamente a cabeça em direção a ele e comentou:

— Fique à vontade, Raul! Não precisa esconder seus pensamentos, porque você não o conseguirá.

Por sua vez, ele ficou sem jeito. Olhou para um e outro guardião, mas também para os colegas desdobrados, e, arranjando coragem, disse a Astrid:

— Desculpe, guardiã, eu só me assustei com o tom de voz e a veemência com que falou conosco, seus parceiros de trabalho.

Astrid retrucou imediatamente:

— Meu caro, até parece que você é detentor dessa delicadeza toda que gostaria de ver em mim! — e abriu um largo sorriso em direção a Raul. — Não aprendeu com Jamar e Joseph Gleber que, quando se é o líder responsável pela tarefa a desempenhar e se tem à disposição uma equipe consciente, não dá para medir palavras? Todos aqui sabem o que fazer; todos se elegeram para a incumbência que nos assiste. Em outras palavras: não fui eu quem os convidei, não fui eu quem os escolhi, mas, sim, cada qual se prontificou para o trabalho. Portanto, cabe a cada um assumir a sua cota de obrigações para que o trabalho seja benfeito. Você sabe bem disso, não sabe?

Astrid terminou a explicação sem dar tempo para Raul redarguir. Ato contínuo, virou-se, ainda pairando nos fluidos ligeiramente densos da atmosfera circundante, e rumou ao endereço onde morava a família que deveriam ajudar. Todos a seguiram sem pestanejar, conscientes de que estavam em meio a uma guerra espiritual, em plena incursão militar.

Chegando à residência, notaram um burburinho dentro da casa, aliás, um imóvel muito elegante nos arredores da capital. Havia um guardião postado à frente da entrada, bem como um campo de força sutil que fora erguido em torno do ambiente, favorecendo a proteção energética e espiritual.

— Salve, guardião! — saudou Astrid, que foi reconhecida, e cuja reputação era de extrema dedicação às tarefas que lhe eram confiadas.

— Salve, dama das estrelas! — respondeu o sentinela de plantão.

— Por favor, amigo, nada de exageros ou de títulos imerecidos. Venho apenas como representante da justiça divina, preparando-nos para as grandes batalhas e os desafios árduos que o mundo em breve enfrentará. Meus amigos e eu queremos saber notícias acerca deste reduto onde abrigaremos um dos nossos especialistas mais importantes, que precisa ser protegido e amparado a fim de realizar, daqui a quarenta ou cinquenta anos, a tarefa que lhe compete. Pelo que vejo, você recebeu recursos do nosso quartel-general; porém, detectou a aproximação de inimigos atrozes, de seres que intentam impedir o nascimento da criança, que ainda está no ventre.

— Isso mesmo, senhora — explicou o guardião de plantão. — Tenho notado movimentação cada vez mais intensa nas imediações. Utilizei alguns equipamentos cedidos por Watab e pude confirmar, em virtude do rastro vibratório deixado por eles, que os seres à espreita são enviados das sombras mais ínferas.

"Duas situações se manifestaram simultaneamente. A mulher, futura mãe do bebê pelo qual os guardiões tanto zelam, começou a sentir-se indisposta, exigindo dedicação maior da parte dos nossos magnetizadores. Nas cercanias, o grupo de emissários das trevas não deve ter gostado da chegada de mais sentinelas. Recentemente, avançaram, decerto insinuando um ataque iminente, até distarem exatamente 500m da residência. Foi quando pedi reforço."

Astrid olhou para Raul e indicou:

— Fique aqui, meu amigo, porque agora vamos precisar de você para aplicar um potente magnetismo na mãe, que está sofrendo.

O agente desdobrado não esperou ser convocado outra vez. De imediato, adentrou a moradia, onde a esposa permanecia recostada numa cama bem larga, envolvida pelos cuidados do marido e de duas outras pessoas que vieram auxiliar. Raul logo constatou que, se não fizesse algo imediatamente, a mulher correria o risco de não levar a termo a gestação. Mais do que uma desventura, a interrupção significaria um grande golpe no projeto dos guardiões, que já detalhavam dia, hora e lugar para o início das atribuições confiadas ao espírito reencarnante. Ademais, os planos deles, geralmente, eram parte de uma estratégia ainda maior, elaborada pelos especialistas a serviço da justiça divina.

Raul não pestanejou nem buscou mais orientações da parte de Astrid. Ele sabia exatamente como proceder. Aproximou-se da mulher e fez um reconhecimento energético por meio do chamado tato magnético. Pôde concluir que, na realidade, o bebê pressentira, mesmo do interior do útero, as energias malsãs dos espíritos que rondavam a família. Apenas alguns segundos e Raul se conectou mentalmente com as forças sublimes da vida, pondo-se a ministrar técnicas de magnetismo curador. Ao terminar, formou um campo protetor em torno da mãe e do bebê, o qual, desde o ventre materno, mostrava-se muito sensível aos acontecimentos no entorno.

Entrementes, Astrid ergueu-se nos fluidos do ambiente, sendo seguida por dois integrantes do destacamento. Enquanto ainda rodopiava, envolvida pelas energias potentes que movimentara por meio do pensamento, transmitia ordens, por via telepática, ao sentinela de plantão na residência.

Nas proximidades, percebia-se agitação quase palpável, opressora. A casa repousava às margens de um bosque e, do outro lado, um lago ornava a paisagem bucólica do local.

De repente, um farfalhar, certo alvoroço; um grito, vários gritos. Quem quer que fosse, produzia um ruído agudo, e a seguir um som sinistro reverberou no ambiente. Movimento cada vez mais célere, como se fosse uma sombra com vida própria, esgueirava-se por entre a paisagem, tanto no bosque quanto próximo ao lago.

O ser se movia de um lugar a outro tal como uma fera indomada perseguida por seus predadores. Súbito silêncio se instalou; um silêncio constrangedor, ameaçador, que incomodava os sentidos e as percepções. A criatura, de início fragorosa, agora parecia irradiar uma luz de cor acinzentada com rajadas negras. Talvez alguém a descrevesse como a emanação de uma fuligem espessa, porém iluminada por cintilações das substâncias ignotas com as quais se revestira.

Logo após, estrépito ensurdecedor sucedia o curto silêncio, que se mostrara enganoso. Fachos de luz fulgurantes, que lembravam o produto de vários holofotes, pareciam ter como alvo o ser medonho. Ele, então, corria como um louco, alucinado, tentando se esconder em qualquer recôndito do terreno onde se mantinha com seus comparsas, nas imediações da casa onde Raul permanecia com a família protegida. A insana criatura e seus sequazes não suportavam a claridade fulgente, pois se acostumaram a viver na escuridão das regiões ínferas.

Repentinamente, algo como o reluzir de um relâmpago, cujo resplendor houvera sido congelado no tempo, moveu-se de um lado a outro, enquanto o espírito asqueroso se esgueirava, procurando escapulir de um destino que lhe inspirava aflição e horror, embora não soubesse para qual dimensão poderia ser transferido. Aliás, não sabia nem ao menos por que perseguia a vítima abrigada naquela casa à beira do lago; tão somente recebera ordens de seus superiores quanto ao que deveria fazer. Outrossim, desconhecia por completo os planos dos guardiões.

Nessa altura, tornou-se patente que Astrid, ao rodopiar naquela espécie de dança nos céus, abrira uma fenda dimensional, por meio da qual o clarão extravasava. Sem mais delongas, então, ela atirou-se como um raio exatamente no cerne da turba de malfeitores e técnicos das sombras, que discutiam táticas para penetrar naquele ambiente familiar e, em seguida, provocar o aborto da tão esperada criança. As maquinações contavam com seu chefe, que acreditava ser capaz de enfrentar os emissários do Cordeiro. Astrid não permitiu que a malta terminasse de confabular. Num voo rasante, empunhando sua espada — instrumento forjado por uma tecnologia alheia àquelas inteligências sombrias —, ela partiu para o confronto direto, pegando de surpresa os abutres da escuridão.

Enquanto a líder rasgava com sua espada a delicada rede psíquica que separa as duas dimensões, os demais guardiões e vigilantes entraram em combate. Através do portal dimensional aberto por Astrid, transferiram cada um daqueles espíritos a outras instâncias do universo, de modo definitivo. De lá, jamais escapariam, a não ser com a devida permissão de Miguel, que administra a justiça para os povos terrestres. Todavia, para onde se viram transportados — o lado escuro da Lua —, somente havia uma saída: o degredo; portanto, não mais regressariam ao ambiente da Terra.

A operação durou no máximo dez ou quinze minutos. Todo o ambiente foi higienizado após ter sido liberado da presença de seres tão repugnantes e hediondos como aqueles que representavam o poder e as ordens dos principados.

Em sequência, Astrid voltou para a casa onde o vigilante permanecia de plantão e Raul supria a necessidade energética da mulher grávida. Em breve, esta daria à luz uma criança que requereria amparo em tempo integral da parte dos guardiões.

Pouco depois de atingir a fase adulta, já ingressando num período de maturidade física e espiritual, a partir dos 42 anos de idade, o homem prestes a nascer desencadearia sua missão de modo categórico. Seria um dos condutores de um grupo de encarnados munidos de capacidades notáveis, que os guardiões gostavam de chamar de novos homens. Esses indivíduos concorreriam para restabelecer as bases do pensamento e a forma salutar de pensar dos terrícolas. Juntos, teriam impacto magnífico sobre a humanidade, sendo capazes de reverter ou anular o processo de imbecilização programado para sobrepujar os terráqueos. O processo reencarnatório constituiria a porta de materialização, na superfície, dessa seleção de especialistas, dotados de habilidades psíquicas que se manifestariam em tempo oportuno, mediante os estímulos que os guardiões desencadeariam.

Finalmente, Astrid administrou várias questões no tocante à estrutura energética daquele lar. Ergueu campos de força altamente potentes em torno da residência, enquanto todos os familiares recebiam reforço magnético. Além disso, estabeleceu a ordem para haver um guardião de plantão, em tempo integral, próximo a cada um deles. O objetivo era debelar ou atenuar ataques futuros que prejudicassem a infância e o crescimento do bebê prestes a nascer, considerando os projetos que o aguardavam no porvir.

Encerrada a jornada tailandesa, a comitiva deveria deixar aquele recanto e visitar mais dois lares longe dali, nos quais, também, providenciava-se a corporificação de dois outros enviados. Tudo colimava o enfrentamento do projeto das trevas, conforme o momento estipulado pela estratégia dos guardiões.

Em outro continente, a América do Sul, oito homens e seis mulheres eram preparados para que seus netos, décadas depois de virem ao mundo, engrossassem as fileiras de agentes especiais da justiça divina. Deveriam nascer no período combinado com seus mentores particulares, investidos de certas habilidades psíquicas incomuns ao restante da humanidade, a fim de comporem o efetivo dos novos homens.

O grupo geral dos protegidos, aliás, pode ser interpretado como o dos eleitos, segundo a linguagem simbólica da profecia. Especificamente, remetem aos *144 mil selados* que foram descritos por João Evangelista, os quais testemunhariam os acontecimentos escatológicos — ou seja, de transição — que visitariam a Terra no século xxi.

"Depois disso vi quatro anjos de pé nos quatro cantos da terra, retendo os quatro ventos, para impedir que qualquer vento soprasse na terra, no mar ou em qualquer árvore. 'Não danifiquem nem a terra, nem o mar nem as árvores, até que selemos as testas dos servos do nosso Deus'. Então ouvi o número dos que foram selados: *cento e quarenta e quatro mil*, de todas as tribos de Israel."[2]

Os guardiões se espalham por todos os continentes da Terra, preparando emissários que assumirão as vestes carnais por meio da reencarnação. Como incumbência principal, cabe a estes auxiliar a humanidade quando o medo, a desesperança e a insegurança atingirem o nível máximo suportável — época que, ao que tudo indica, sobrevirá em futuro próximo, no auge da era transitória.

Embaixadores da justiça sideral e divina, os guardiões em nenhuma hipótese abandonam a humanidade. A serviço de Miguel e, em última análise, do Cordeiro, eles planejam, agem e inter-

---

2. Ap 7:1,3-4 (NVI, grifo nosso). "Sempre que aparece em alguma profecia, a palavra *vento* significa guerra, contenda, disputa nacional. Essa interpretação pode ser confirmada no livro do profeta Daniel [...] (Dn 7:2), ou em Ezequiel, Jeremias ou Isaías" (PINHEIRO. *Apocalipse*. Op. cit. p. 120. cap. 6). Há outras explicações valiosas sobre os 144 mil no capítulo indicado dessa fonte.

ferem nos processos transformadores; no entanto, observam sempre e estritamente os limites da lei sublime que representam. Jamais atuarão de maneira a isentar os homens terrestres da responsabilidade que lhes compete de colaborar em prol da reconstrução do mundo que, como espíritos jungidos aos séculos e séculos de história da civilização, ajudaram a degradar ou deteriorar. Urge, portanto, que o ser humano compreenda que Deus, os espíritos superiores, os guardiões e todas as forças do bem e da luz nunca o substituirão naquilo que é de seu próprio encargo.

> *Nesse tempo se levantará Miguel, o grande príncipe, o defensor dos filhos do teu povo, e haverá tempo de angústia, qual nunca houve, desde que houve nação até àquele tempo; mas, naquele tempo, será salvo o teu povo, todo aquele que for achado inscrito no livro.*
> — Daniel 12:1[3]

3. BÍBLIA Sagrada. Versão Almeida revista e atualizada [ARA]. Brasília: Sociedade Bíblica do Brasil, 1969.

AGRADECIMENTOS DO AUTOR ESPIRITUAL

HÁ PARCEIROS NESTE MUNDO dos espíritos que prestaram enorme contribuição no que diz respeito às informações compartilhadas durante o preparo deste livro. São eles, notadamente: Júlio Verne, Howard Phillips e Saldanha. A eles, minha sincera gratidão.

Ângelo Inácio [espírito]

REFERÊNCIAS BIBLIOGRÁFICAS

BÍBLIA de estudo NVT. Nova Versão Transformadora. São Paulo: Mundo Cristão, 2018.

BÍBLIA de estudo Scofield. Versão Almeida Corrigida Fiel [ACF]. São Paulo: Holy Bible, 2009.

BÍBLIA do discípulo. Nova Versão Internacional [NVI]. Madri: Safeliz; Tatuí-SP: CPB, 2018.

BÍBLIA Sagrada. Versão Almeida revista e atualizada [ARA]. Brasília: Sociedade Bíblica do Brasil, 1969.

GRANDE DICIONÁRIO Houaiss da Língua Portuguesa [on-line]. Rio de Janeiro: Instituto Antônio Houaiss. Disponível em: www.houaiss.net. Acesso em: 2 out. 2023.

KARDEC, Allan. *O Evangelho segundo o espiritismo*. Tradução de Evandro Noleto Bezerra. Rio de Janeiro: FEB, 2011.

_____. *O livro dos espíritos*. Tradução de Evandro Noleto Bezerra. 2. ed. Rio de Janeiro: FEB, 2011.

_____. *Revista espírita*: jornal de estudos psicológicos. v. 2, fev. 1859. Tradução de Evandro Noleto Bezerra. Rio de Janeiro: FEB, 2004.

PINHEIRO, Robson. Pelo espírito Alex Zarthú. *Gestação da Terra*: da criação aos dias atuais: uma visão espiritual da história humana. 2. ed. Belo Horizonte: Casa dos Espíritos, 2022.

_____. Pelo espírito Ângelo Inácio. *A marca da besta*. Belo Horizonte: Casa dos Espíritos, 2010. (O reino das sombras, v. 3.)

_____. Pelo espírito Ângelo Inácio. *A quadrilha*: o Foro de São Paulo. Belo Horizonte: Casa dos Espíritos, 2016. (A política das sombras, v. 2.)

_____. Pelo espírito Ângelo Inácio. *Cidade dos espíritos*. Belo Horizonte: Casa dos Espíritos, 2013. (Os filhos da luz, v. 1.)

_____. Pelo espírito Ângelo Inácio. *Legião*: um olhar sobre o reino das sombras. 2. ed. Belo Horizonte: Casa dos Espíritos, 2010. (O reino das sombras, v. 1.)

_____. Pelo espírito Ângelo Inácio. *O agênere*. Belo Horizonte: Casa dos Espíritos, 2015. (Crônicas da Terra, v. 3.)

_____. Pelo espírito Ângelo Inácio. *O fim da escuridão*: reurbanizações extrafísicas. Contagem: Casa dos Espíritos, 2012. (Crônicas da Terra, v. 1.).

_____. Pelo espírito Ângelo Inácio. *Os guardiões*. Belo Horizonte: Casa dos Espíritos, 2013. (Os filhos da luz, v. 2.)

____. Pelo espírito Ângelo Inácio. *Os imortais*. Belo Horizonte: Casa dos Espíritos, 2013. (Os filhos da luz, v. 3.)

____. Pelo espírito Ângelo Inácio. *Os viajores*: agentes dos guardiões. Belo Horizonte: Casa dos Espíritos, 2019.

____. Pelo espírito Ângelo Inácio. *Senhores da escuridão*. 2. ed. Belo Horizonte: Casa dos Espíritos, 2008. (O reino das sombras, v. 2.)

____. Pelo espírito Estêvão. *Apocalipse*: uma interpretação espírita das profecias. 5. ed. Contagem: Casa dos Espíritos, 2000.

____. Pelo espírito Joseph Gleber. *Consciência*: em mediunidade, você precisa saber o que está fazendo. 2. ed. Belo Horizonte: Casa dos Espíritos, 2010.

____. Pelo espírito Júlio Verne. *2080*. Belo Horizonte: Casa dos Espíritos, 2017-18. 2 v.

SOBRE O AUTOR

OBRAS DE
ROBSON PINHEIRO

ROBSON PINHEIRO,

autor de 48 livros, começou a estabelecer contato com os espíritos ainda na infância, no interior de Minas Gerais. Aos 17 anos, fiel dedicado da igreja evangélica, sonhava em pregar a palavra de Deus. Na tarde em que prestava exame perante um colegiado de pastores, para sua admissão na carreira ministerial, os espíritos lhe aparecem. "Pastor, o demônio está aqui!", brada o médium. Tomado pelo transe, após opor alguma resistência, dá a primeira comunicação mediúnica, ali mesmo, dentro da igreja. Proscrito, recebe dos espíritos a proposta de exercer a mediunidade segundo os princípios de Allan Kardec. Desde 1979 dedicado à causa espírita, fundou e dirige a Universidade do Espírito de Minas Gerais desde 1992 — hoje com três instituições beneficentes —, além do Colegiado de Guardiões da Humanidade, iniciado em 2011. Profissionalmente, também atua como terapeuta. Em 2008, tornou-se Cidadão Honorário de Belo Horizonte.

PELO ESPÍRITO JÚLIO VERNE
2080 [obra em 2 volumes]

PELO ESPÍRITO ÂNGELO INÁCIO
Encontro com a vida
Crepúsculo dos deuses
O próximo minuto
Os viajores: agentes dos guardiões
COLEÇÃO SEGREDOS DE ARUANDA
Tambores de Angola
Aruanda
Antes que os tambores toquem
SÉRIE CRÔNICAS DA TERRA
O fim da escuridão
Os nephilins: a origem
O agênere
Os abduzidos
TRILOGIA O REINO DAS SOMBRAS
Legião: um olhar sobre o reino das sombras
Senhores da escuridão
A marca da besta
TRILOGIA OS FILHOS DA LUZ
Cidade dos espíritos
Os guardiões
Os imortais
SÉRIE A POLÍTICA DAS SOMBRAS
O partido: projeto criminoso de poder
A quadrilha: o Foro de São Paulo
O golpe

ORIENTADO PELO ESPÍRITO ÂNGELO INÁCIO
Faz parte do meu show
COLEÇÃO SEGREDOS DE ARUANDA
Corpo fechado (pelo espírito W. Voltz)

PELO ESPÍRITO TERESA DE CALCUTÁ
A força eterna do amor
Pelas ruas de Calcutá

PELO ESPÍRITO FRANKLIM
Canção da esperança

PELO ESPÍRITO PAI JOÃO DE ARUANDA

Sabedoria de preto-velho

Pai João

Negro

Magos negros

PELO ESPÍRITO ALEX ZARTHÚ

Gestação da Terra

Serenidade: uma terapia para a alma

Superando os desafios íntimos

Quietude

PELO ESPÍRITO ESTÊVÃO

Apocalipse: uma interpretação espírita das profecias

Mulheres do Evangelho

PELO ESPÍRITO EVERILDA BATISTA

Sob a luz do luar

Os dois lados do espelho

PELO ESPÍRITO JOSEPH GLEBER

Medicina da alma

Além da matéria

Consciência: em mediunidade, você precisa saber o que está fazendo

A alma da medicina

ORIENTADO PELOS ESPÍRITOS

JOSEPH GLEBER, ANDRÉ LUIZ E JOSÉ GROSSO

Energia: novas dimensões da bioenergética humana

COM LEONARDO MÖLLER

Os espíritos em minha vida: memórias

Desdobramento astral: teoria e prática

PREFACIANDO

MARCOS LEÃO PELO ESPÍRITO CALUNGA

Você com você

CITAÇÕES

100 frases escolhidas por Robson Pinheiro

**QUEM ENFRENTARÁ O MAL
A FIM DE QUE A JUSTIÇA PREVALEÇA?**
Os guardiões superiores estão recrutando agentes.

Fundado pelo médium, terapeuta e escritor espírita ROBSON PINHEIRO no ano de 2011, o Colegiado de Guardiões da Humanidade é uma iniciativa do espírito Jamar, guardião planetário.

Com grupos atuantes em mais de 17 países, o Colegiado é uma instituição sem fins lucrativos, de caráter humanitário e sem vínculo político ou religioso, cujo objetivo é formar agentes capazes de colaborar com os espíritos que zelam pela justiça em nível planetário, tendo em vista a reurbanização extrafísica por que passa a Terra.

Conheça o Colegiado de Guardiões da Humanidade. Se quer servir mais e melhor à justiça, venha estudar e se preparar conosco.

PAZ, JUSTIÇA E FRATERNIDADE
GUARDIOESDAHUMANIDADE.ORG

NOVA
MUNDIAL